泣くな研修医

中山祐次郎

幻冬舎文庫

目次

HYに

プロローグ

朝から雨が降っていた。

雨の季節だった。

街中のプールの水を集めて大きなバケツに入れ、いっぺんにひっくり返したような雨だった。九州の最南端であるこの南国の地、鹿児島ではときどきこういう雨が降った。そんな日は、街中を走る路面電車の「市電《しでん》」が停まり、道路を走る車は少なくなる。外を歩く人はほとんどいない。街の一部が停電になり、飲食店やハンバーガー店は真っ暗なまま営業する。

ラジオでは、鹿児島なまりの地元のアナウンサーが川の増水に注意するよう呼びかけていた。

街の中心地から市電で一〇分ほど乗ると「騎射場《きしゃば》」という電停《でんてい》があった。そこを降りて二つ目の角を曲がった三軒目に、そのさつま揚げ屋はあった。名を「薩州《さっしゅう》あげ屋」と言う。老舗というほど歴史はなく、人気店というほど活気がある店ではない。しかし、一度新聞に取り上げられてからは、九州各地から鹿児島に訪れる修学旅行生が立ち寄る店になっていた。

店主の雨野隆造《あめのりゅうぞう》はその日、朝から忙しく働いていた。店には店主とその妻しかいなかったから、揚げたてのさつま揚げを注文する客が続くとすぐに忙しくなった。店は小さな二階建ての一階部分にあり、二階は家族の住居になっていた。

大雨にもかかわらず、多くの客が来ていた。リタイアした老夫婦や中年の女性の団体客、そして昼を過ぎた今になって一〇人ほどの修学旅行生が店内を占めていた。

隆造は大忙しでさつま揚げを揚げていた。揚げたてを渡して、その場ですぐに食べることができるのがこの店の売りだった。それが意外と珍しいようで、時折外国人客も訪れた。

妻はひっきりなしに来る客から代金をもらい、釣り銭とさつま揚げを渡していた。

すると、どたどたと音がした。

「おかあさん、たいへんだよう」

息子の隆治《りゆうじ》が二階から降りてきて、母に話しかけた。

「いけんしたのね。お昼ご飯なら終わったがね。お兄ちゃんと遊んでなさい。……はい、どうも毎度ありがとうございます！」

隆治はぐすぐすと泣きべそをかきながら、

「兄ちゃんが変なんだよ」

と言った。母は隆治を見ることもなく、客への対応を続けた。

――また兄弟げんかでもしたかね。

隆治は結局、ぐすぐす言いながらまた階段を登って行った。

隆造は、大雨の日の予想外の繁盛に、奥の厨房《ちゆうぼう》で嬉しそうにさつま揚げを揚げていた。

しばらくして、修学旅行生が一通りさつま揚げを買い、店を出て行った。その時、またも隆治が階段を降りてきた。普段は二階で遊んでいて、両親が忙しいのを知っているので降りてくることはあまりない。

しかし隆治は来るなり、大声で泣き出した。

「おかあさん、お願い、兄ちゃんが」

あまりに泣く我が子を見て、母は（これはただ事ではない）と感じた。息子に尋ねても何を言っているかわからない。今は客が途切れているからいいだろうと、隆造に、

「ちょっと二階行ってきますよ」

と大きな声で伝えた。返事はなかった。


母が隆治を連れて二階に着くと、真っ赤な顔をした長男の裕一《ゆういち》が畳の上に横になっていた。

「裕一！　いけんしたのね！」

母は裕一のもとへ駆け寄ると、すぐに抱きかかえた。抱いた息子の腕が、だらんと垂れた。

「ちょっと！　裕一！　しっかいせんね！」

顔を叩いたが、反応はなかった。まぶた一つ動かさなかった。母は隆治を見た。

「だから、兄ちゃんが変って……」

そう言って泣いている。

母は裕一を畳に寝かせ、大急ぎで階段を降りた。

「ちょっとお父さん！　大変！　裕一が変なんですよ！」

「ええ、なんゆっちょっかー」

客が途切れ、上機嫌でタバコをふかしていた夫はふうっと煙を吐いた。

「そいよりよー、今日はわっぜいかねー、雨やっとにわっぜいか客……」

「何言ってるんです。すぐに救急車呼んでください！　裕一が！」

また何をお前は……と隆造は茶化そうと思ったが、妻の顔がいつもとまったく違う。

これは何か変だ。

隆造は階段を駆け上がった。

「おい！　いけんしたとか！」

畳の上でぐったりしている裕一を見て、隆造はすぐに駆け寄ると抱き寄せた。

「裕一！　何《なん》よ！　何《なん》があったとか！」

揺さぶっても反応はない。よく見ると口から少し泡を吹いているようだ。唇はタラコのように腫れている。

――なんだこれは……まずい。

「おい、救急車呼べ！　はよ！」

「だから言ってるじゃないですか、番号がわからないんです私！」

「バカ、一一〇番だよ！……あ、いや、一一九番だったかな……」

「あ、思い出した！　一一九番です！」

母は階段を飛ぶように降りて行き、電話をかけた。

「息子が変で、返事をしないんです。……はい、はい、場所は騎射場の電停から……お願いします、大急ぎでお願いします！」

Part 1 交通事故

「わかりました。ではお薬を出しておきますので、お大事にどうぞ」

数回目の当直《とうちょく》に、二五歳、研修医一年目の雨野隆治は少しずつ慣れてきていた。医学部の学生時代にはまったく習わなかった病院のシステムがわかってきたのに加えて、当直の時に必要な知識が載っている救急の教科書で必死に勉強したからだった。

一日の外来患者が一〇〇人、救急車受け入れ数は一年に三〇〇〇台。ベッド数が五〇〇床。東京は下町の総合病院。彼の勤めるこの病院では、医師歴一年目の研修医は基本的に四、五年目の医師（後期研修医と呼ばれる）と一緒に当直を行う決まりになっていた。

この日、隆治とタッグを組む相手は、外科の直属の上司で後期研修医である佐藤《さとう》玲《れい》だ。

風邪や頭痛、腹痛などの軽症患者を次々と診察して帰して行く。この日はいつもより受診する患者の数が多かった。隆治は上下紺色の手術着のままで、白衣をはおらずに外来ブースBで診察をしていた。隆治は、初めて会う患者と話をしていると緊張で汗だくになってしまう。白衣だと、襟の部分が汗で変色してしまうのだ。

隣のブースでは佐藤が速いペースで外来診察を行っていた。二人の医師で三〇人ほども診察をしただろうか。佐藤がブースBの隆治を覗いた。

「よ、一応途切れたね。ご飯でも食べようか」

髪の毛を後ろで一つにまとめた佐藤は、きちんと化粧をしているが決して派手ではない顔をしていた。

「はい、わかりました」

二人は救急外来の隣にあるナース用の休憩室に行った。出前で取っておいたココイチのカレー弁当がすでに置いてある。佐藤の注文はいつもの「ビーフカレーに納豆とチーズをトッピングし、辛《から》さは『5辛《から》』」だった。隆治は普通のカレーにトッピングなしだ。

「いやあ、今日は多かったね、しかし」

そう言いながら佐藤はソファに座り、真向かいには隆治が座る。狭く雑然とした部屋だったが、妙に落ち着く。隆治はここが気に入っていた。小さいテレビからは、ニュースが流れていた。

「あれ、高速で正面衝突だって。こりゃ死ぬね」

と佐藤が言った。

「ひどいですね、乗ってたの親子三人ですって」

「いや、悲惨だ」

「……あれ、これここの近くじゃないですか？」

医学部を卒業して鹿児島から上京したばかりの隆治は、東京の地理をあまり知らなかった。そんな隆治でも、聞きおぼえのある地名だった。

「ほんとだ、結構近いね……しかし辛いな、これ」

佐藤のカレーは隆治のものより一見して色が赤い。佐藤は決まって辛さを増量した「5辛」を食べたが、そのたびに汗だくになっていた。

——じゃあ辛くするのやめればいいのに。

だが口には出さない。先輩のやっていることにケチなどつけられない。

その時、佐藤のPHSが鳴った。

ピリリリリ　ピリリリリ

――あれ、おかしいな。

患者さんが来た時や救急車の受け入れ要請だったら、まず研修医の隆治に電話が来るはずだ。なぜ自分に電話が来ず佐藤に来るのだろう。隆治はカレーの残りを一気にかき込んだ。

「はい、外科当直の佐藤。……え？」

佐藤の顔色がさっと変わった。

「……わかりました、無理なんですね。はい、今日は岩井《いわい》先生もいます、はい」

何か非常事態が起こっているようだ。

「……はい。一〇分後ね、了解」

そう言って通話を切ると、佐藤は隆治を見ることなくすぐに電話をかけ出した。相手は岩井だろうか。電話を耳にあてながら佐藤はテレビを指差して、

「さっきの来るよ」

と言った。

――え、さっきの？

聞こうと思ったが、佐藤の顔を見てやめた。

あの高速道路の正面衝突の患者さんが病院に来るのだろうか。隆治はぞっとした。そ

こまでの重症患者は診《み》たことがなかった。佐藤は急にソファから立ち上がると歩き出した。隆治は慌ててついて行った。

ゴムで後ろに一つにまとめた長い髪を揺らしながら、佐藤は電話で説明している。

「あ、先生遅くにすみません。救急要請《ホットライン》です。高速で正面衝突の親子三人、ドライバーの父親は無傷、後部座席にいた母親が鎖骨骨折、そして小児が腹壁破裂、三人ともバイタル（血圧や心拍数など、基本的な生存のサイン）は安定。近隣の救急が満床で受け入れられないとのことでうちに要請があり、受けました。……はい、準備します」

事故現場から患者を搬送している救急車はこちらに向かっているようだ。喋りながら佐藤は救急外来に戻ると、はおっていた白衣をバッと脱いだ。

「じゃあ準備するよ！　岩井先生も来るから！　整形《セイケイ》外科の当直医も呼んどいて！」

すでにナースたちは点滴やモニター、採血セットなどを準備し始めていた。

「雨野、そういうことだから、手際良くやるよ！」

そう言うと手袋をはめた。

「はい！」

隆治も手袋とマスクをつける。今から来る患者はかなり重症、いわゆる高エネルギー外傷《がいしょう》というやつで、さらに一人は子どもだ。高エネルギー外傷はおろか、子どもを診た経験は、隆治にはほとんどなかった。それを知ってか知らずか、救急外来のナースが「いいものがありますよ」と言ってベッドに大きなシートを広げた。

シートには子どものシルエットのような線がいくつか描いてあり、それにあわせて推定体重と点滴などの量が書いてあった。おそらくこの救急外来でも小児をしょっちゅう受け入れてはいないのだろう、不慣れな医師たちのためのシートなのだ。

「夜分にすみません、外科の佐藤です。今から受け入れる救急患者の緊急手術《オペ》のご相談で……」

佐藤は慌ただしくあちこちに電話をかけている。CTや手術、輸血などの手配をしているのだろう。

チューブや採血するための注射器《シリンジ》などのセットを準備し終えると、隆治にはもう他にすることがなかった。さっきあと一〇分と言っていたから、今から三、四分で来るだろうか……。そう考えていたら、大きな体をした外科医の岩井が現れた。

「準備はいいか」

「はい」「はい」みなが答える。隆治もマスクを一旦外し、「はい！」と返事した。

「OK、手術《オペ》になる可能性が高いからそのつもりで。あと心臓が動いていないかもしれないからね」

隆治はビクッとした。心臓が……だって？

「おい研修医」

急に呼ばれさらに驚いた。岩井の声は野太い。

「口の周り、カレーついてるよ」

岩井は笑っている。

「はい！　すみません！」

急いでティッシュで拭いて、マスクをもう一度つけた。いつの間にか二人に増えたナースも佐藤も笑っている。どうしてこんな緊迫した状況で笑えるのだろう。隆治には不思議だった。その時だ。

ピーポーピーポー

遠くから聞きなれたサイレンの音が聞こえてきた。

「来ましたね」

隆治は緊張のあまり口に出してそう言った。誰も返事はしない。

佐藤は部屋の中をうろうろしている。岩井は腕を組んで、じっと立っている。隆治は手袋をした手を組んだり離したりしていた。

いよいよサイレンの音が近づいてくると、フッと音が途切れる。音もなく病院の敷地に滑り込んでくるその車には、今にも途切れそうないのちが乗っている。

佐藤が外に直接繋《つな》がる大きな自動ドアを開け表に出た。

「来たぞ！」

岩井が叫んだ。隆治はぐっと拳《こぶし》を握った。

「お願いします！」

若い隊員の声とともに白い救急車から降りてきたのは、ストレッチャーに乗せられた少年だった。ぐったりしている。そして父親と母親が降りてきた。父親は無事なようだ。母親は歩けないようで、すぐに車椅子に乗った。

隊員が一人駆け寄ってきて佐藤に報告している。その他の二人の隊員が押してきたストレッチャーは隆治がいるベッドに横付けになる。少年は「イチ、ニ、サン」の掛け声とともにベッドに移された。お腹には真っ赤なガーゼがこんもりと載っている。白目をむいており、顔色は真っ白だ。意識はもうろうとしている。

「両親はバイタル測ったら整形の先生に診てもらって！」

佐藤が指示を出すと、ナースが両親を連れて行った。

岩井は、

「とりあえず服を全部脱がせてモニターをつけろ」

と指示をする。

「救急隊からの情報ではチャイルドシートに乗っていたそうだ。あ、この子は五歳な」

ガーゼを外すと、お腹から腸が飛び出している。思わず隆治は外したガーゼでもう一度お腹を押さえてしまった。

「先生！　腸が見えてます！」

そう叫ぶと、佐藤が「見せて」と言ってガーゼを外した。ピンク色のきれいな腸に交じり、黒く変色した小腸も見えた。

「腹壁破裂と腸管脱出、一部損傷あり。今のところ活動性《アクティブ》な出血はない」

佐藤の口調は普段と変わらない。ナースが記録した。

「バイタル測れました！　血圧60／34、心拍数１４０、酸素飽和度《サチュレーション》92％！」

別のナースが報告する。

「了解。酸素リザーバー八リットルで開始、佐藤はルートを二つ確保して同時に血算・生化を採り、研修医は動脈血採血《ガス》を採れ。俺は手術室《オペ》に連絡する。行く途中にＣＴ撮りゃいいよな、今日の当番は美人の放射線科医だ」

岩井はそう言ってにやっと笑った。最後の一言は誰の耳にも入っていないようだった。

隆治は少年の小さい体の足の付け根を触り、動脈の拍動を探す。血圧が低いためか、なかなか見つからない。

「こっちルート取れたよ！　点滴繋いで！」

佐藤が早くも一つ目の点滴ルートを確保した。

——速い！

子どもでこの血圧だと普通は至難の業だ。

隆治は指示された動脈血を採るため、左手の人差し指と中指の先端に意識を集中させた。子どもの細い動脈を触れるのは難しい。手袋越しだから、なおさらだ。ましてこの血圧である。なかなか見つからない。隆治はさらに集中した。

段々と周りの音が聞こえなくなる。そして自分と少年だけになる。自分の存在は指先だけとなり、少年は動脈だけとなったその瞬間、動脈の拍動を捕らえた。右手に持っていた針をためらわずに刺す。針についていた注射器《シリンジ》の中に赤い血が貯まっていく。「来た！」無意識のうちに隆治は声に出していた。

採れた血液をナースに渡す。

「もう一本ルート取れたよ、繋ごう」と佐藤が言った。

ルートを取る、つまり静脈に管を入れさえしてしまえば、薬でもなんでも入れられる。

このような外傷患者の場合、ルートを取るのは必須かつ最優先だった。

「先生、血圧上がってきました、92の50！」

早速点滴の効果が表れてきたようだ。岩井が電話を終えた。

「手術《オペ》はいつでもいけるそうだ。他の損傷をチェックして問題なければ手術《オペ》しよう」

「わかりました」

隆治が答えた。尿の管を挿入し、血圧が安定したところでストレッチャーごとCT室に向かう。

CTを撮影すると、腰椎《ようつい》の椎体《ついたい》も骨折しており、肋骨《ろっこつ》も何本か折れているようだった。

それ以外の臓器はダメージを受けていなそうだ。

「じゃあ手術室《オペ》行こうか。連絡は済んでいる」

岩井が言った。「飯でも食いに行くか」というような口調だった。

*

手術室の前で隆治は岩井、佐藤と三人で「手洗い」を行っていた。どんな手術の前でも必ず外科医は「手洗い」という特殊な行為をする。時間をかけて手を洗い、アルコールを擦り込むことで手にいる細菌数を減らすのだ。その時間は、外科医にとって何か神聖な通過儀礼《イニシエーション》でもある。世俗から離れ自らの感情を封じ、患者の体と対峙する準備をするのである。

隆治は鏡で自分の顔を見ながら、アルコールを手に揉み込んでいく。手洗い場はなぜかちょうど顔の高さに大きな鏡があり、嫌でも自分の顔が目に入る。太い眉毛が外に行くにつれ下がっているのは、不安だからだろうか。その平凡な顔を見るたびに、隆治はがっかりした。なぜこんなところに鏡があるのだろう。外科医たちは自分の顔を見て集中力を上げられるのだろうか。

深夜〇時。とても静かだ。他の緊急手術はやっていないようだった。

この手術室は古い造りで、長い廊下沿いに1から10までの手術室が横並びになっていた。黄緑色の古びた床はあちこち汚れが染みついていたが、定期的にワックスがかけられているのか光沢があった。隆治が揉み込んだアルコールが足元に飛んで、床に大小様々な円の形を作っていた。


手を洗い終わり、三人は手術室に入った。岩井と佐藤は少年のお腹を茶色いイソジンで消毒し、鮮やかなグリーンの覆《おお》い布《ふ》をばさっとかけた。布は中央に四角い穴が開いており、ちょうど少年の腹だけが露出した。その時少年は、顔も手足も氏名も年齢性別もない、家族も友人もない、その人格もない、ただの「腹部」となる。

外科医にとって患者の人格は、治療行為になんら関係ない。どこで生まれどこでどう育ち、何を考え誰を愛したかもまったく関係ない。ただその存在の一部である皮膚、筋肉、臓器、血管、神経、組織と対峙するのだ。そのためにはこの「覆い布」の発明は素晴らしかった。

岩井と佐藤が手際良く準備を進める。

「私の方に足台一つね。電気メス、吸引セットして」

「最初に腹の中洗うから、洗浄用の温かい生理食《セイショク》塩水出しといてね」

細かい指示を出す。

隆治は「執刀医」「第一助手」の次の三番目の外科医、つまり「第二助手」の役割で参加することになるようだった。

ようだった、というのは誰もそういうことをはっきり言わないからだ。動きや雰囲気から察するしかなかった。外科医たちはいつもそうだった。余計なことは口にしない。無駄口がないことで、発言全てに意味があることになる。それは洗練されたチームではより効率を高めた。

「タイムアウト」

佐藤が言った。気が抜けた声だった。

タイムアウトとは手術前に患者の取り違えがないことを確認し、どんな手術をどれくらいの時間でやるかといった情報を外科医、ナース、麻酔科医、その他スタッフで共有するというものだ。

「はい」

ナースが患者の氏名、年齢などを言っていく。

「術式は小腸部分切除、あと他に臓器損傷があったら切除など行う。最後に腹壁を修復して終わる。時間は一時間半から最大で四時間、出血は一〇〇ミリリットル以下に抑える」

佐藤が言った。女性の麻酔科医が続ける。

「麻酔上のリスクは貧血と脱水《ハイポボレミア》、あと背骨も折れてるっぽいから移乗《トランス》に注意しましょう」

「メス」

佐藤が言う。

「いや、いらないかな。ま、一応」

緑の布に囲まれた腹部は皮膚と筋肉がちぎれ、一部で腹の壁に大きな穴が開いており腸が露出していた。穴を広げるようにして皮膚をさっとメスで切る。

「電気メス」

ピーーー

ジュウという音がして、煙が上がる。

——速い……しかもまっすぐだ……。

佐藤は五〇、いや一〇〇件ほども手術をやっているのだろうか。四年後には自分もこんな風になれるのだろうか。手際良く開腹していく。出血もほとんどない。岩井は時折「もうちょい右」「うん、いいよ」などと言うだけで、ほとんど指示を出していなかった。

小さい腹が大きく開くと、

「じゃあリングドレープと中山《ナカヤマ》式開創器」

それぞれが装着され、お腹の創《きず》が大きくひし形に広がって中がよく見えるようになった。

「まず洗おうか」

佐藤がナースから受け取った大きな銀色のピッチャーでざばっとお腹の中にお湯を入れ、岩井が吸引した。

「さ、全部の臓器をよく見てみよう。CTでは何もなさそうだったけどなあ。まず腸《ダルム》から」

岩井が言った。お腹から一旦小腸を全部出し、端からずっと見ていく。

「ここと、ここが傷んでますね。……ここは壊死《ネク》ってます、切らなきゃダメでしょうか」

「そうだな、でもここだけでいいんじゃない」

二人の会話の内容は、隆治にもなんとなく理解できた。事故の時にシートベルトと背骨に挟まれた腸がダメージを負っていて、それを見た目の色で判断しているのだろう。明らかに腸に穴が開いているところはなさそうだった。

小腸はピンク色で、白い紙に水彩絵の具の肌色をさっと引いたような、鮮やかな色だった。その一部に、褐色や黒の、腐った無花果《いちじく》のような色になったところがある。隆治は手術の時に小腸や大腸、肝臓など内臓の色を見るたびに、ああなんと美しいんだ、自然の色だ、と感じていた。「人間が自然の一部である」ということを強烈に感じた。

「あとはどこだ。一度小腸を腹の中に全部入れよう。膵臓《パンク》は大丈夫かな、CTではちょっともやもやしていたけど」

小さい体に小腸をどさどさと入れると、二人は再び腹に手を入れてごそごそしだした。

「先生、少し挫滅《ざめつ》しています。十二指腸も」

「そうだな……」

隆治は身を乗り出してお腹の中を覗き込んだ。が、どれが膵臓でどれが十二指腸かもわからなかった。佐藤が無言で膵臓と十二指腸を指差してくれた。

「これは微妙だな……まあでもこれならなんとかなるか。膵管は大丈夫だろうし」

確かに淡い黄色の膵臓が、膵体部、つまりぐるりと十二指腸に抱かれている部分より少し左の部分で褐色になっていた。

「ドレーン置いて保存的治療《コンサバ》にしましょうか」

「うん、いいんじゃない」

コンサバとは、ダメージを負っているところを切って取ったりせずに放っておいて様子を見るということだ。その代わり出血したり膵液が漏れたりした時にすぐにわかるように、ドレーンと言われる管を近くに置いておく。そういう戦略である。

しかし隆治にはその意味がわからなかった。二人はあっという間に傷んだ小腸を切除すると、腸と腸を吻合《ふんごう》した。隆治はまったくついていけず、ほとんど何もできなかった。

「さ、も一度洗浄ね」

と岩井が言うと、またはじめと同じようにザブンとお湯がお腹の中に入れられた。お湯に浮かぶ腸を見て、隆治はちょっと美味しそうだなと思い、すぐにその気持ちを打ち消した。自分はなんということを考えるんだ。そう思うと同時に、さっき急ぎでカレーを食べてから結構時間が経ったので腹が減ってきたのだと気づいた。

「じゃあドレーン入れてお腹閉めるよ。減張縫合《げんちょうほうごう》もやるからね」

佐藤はそう言って、手際良く腹を閉め始めた。いつもは数カ月で溶ける糸ですきまなく縫っていくが、この日はナイロンと呼ばれる昔ながらの糸でおおざっぱに縫っていた。きっと綺麗に縫っても感染して、また創を開けなければならなくなるからだろう。

――何せ腸が飛び出していたお腹だったからな。

最後の一針を縫い、岩井が目にも留まらぬ速さ（本当に手が見えなかった）で糸を結び終える。

「ありがとうございました」

佐藤は最後の糸をハサミ《クーパー》でパチンと切った。

手術は終わった。

創にガーゼを当て、緑色の覆い布を外すと、ただの腹部に手足と胸と顔が戻ってきた。

そこに横たわっているのはまぎれもなく、五歳の少年だった。交通事故で大怪我をして運ばれてきた、彼そのものだった。精巧な肉の塊、神経と血管が張り巡らされた臓器の塊から、一つの人格を持つ人間存在に戻ってきたのだ。お腹に大きな創、口には管が入っている。

――こんな小さい体なのに……。

そう思ったその瞬間、隆治は、不意に立ちくらみを感じた。

「ちょっとすみません」

そう言うと、手術台から離れてガウンを脱ぎ手袋を外した。視界がぐにゃりと歪む。

暗い。向こうに何かが動いている。はっきりとは見えない。なんだあれは……二つあるような……人？　いや、それにしては小さい。子どものようだ……もう少し、もう少し見えてくれれば……。

人影は徐々に明らかになってきた。

あれは……俺だ。昔の俺じゃないか。そして隣にいるのは……兄貴だ。横たわっているのが兄貴だ。俺はいったい何をしているんだ、兄貴はなんで横になっているんだ……。

俺が何かを叫んでいる。おい、もっと大きな声で、もっとちゃんと言え、そうしないと……。

その瞬間、白い幕が上から落ちてきて、隆治の目の前は真っ白になった。

＊

「いやしかし、ぶっ倒れるとはねえ」

岩井が面白そうに言っている。隆治は気づくと手術室の控え室のソファで横になっていた。

「まあ疲れてたんじゃないですか、こいつ全然家帰らないらしいんで」

佐藤が答えている。隆治はどうやら失神してしまったらしい。誰かが運んでくれたのだろうか。手術が終わってからそれほど時間は経っていないようだった。目が覚めたことをどう伝えればいいのかわからなかったが、寝たふりをしているわけにもいかない。

仕方なく起きることにした。

「おお、お目覚めかい」

岩井がにやにやと嬉しそうに言った。

「はい、すみません」

頭をかきながら隆治が答えた。

「大丈夫？」

佐藤が変わらぬ調子で言う。

「はい、すみません。なんかいつの間にか倒れちゃったみたいで、本当にすみませんでした」

「まあ手術《オペ》終わってたからよかったよ、倒れるタイミングが優秀だねぇ君は」

「すみません」

倒れる時に頭を打ったのだろうか、後頭部にズキンと痛みを感じた。触ると皮下血腫《タンコブ》ができていた。外科医は手術室で医師やナースが倒れるのに慣れているのか、それほど心配されていないようだった。隆治はただ謝るしかなかった。

「あの、患者さんは……」

「集中治療室《ICU》行ったよ、抜管《ばっかん》してないから」

「そうですか、ありがとうございます。ちょっと見てきます」

そう言うと隆治は立ち上がった。背中の右のあたりもずきずきと痛んだ。

――肩甲骨かな。まさか折れてはいないだろうけど……。あんな大きい骨なんて折れるのかな。

結構派手に倒れたらしい。隆治は手術着のまま手術室を出て、同じフロアにある集中治療室《ICU》に向かった。薄暗い廊下は静まり返っていた。今が何時なのかもわからなかったが、少なくとも夜中の一時や二時にはなっているだろう。なんとなく音を立ててはいけない心地がして、隆治はスリッパの爪先に力を入れながら廊下を歩いて行った。

　夜中の病院の廊下は、いつも何かの気配を感じる。誰かが角の向こうで息を潜めて立っているような気配。俺の恐怖心が作り出しているのか。それとも数えきれぬ人の「死」を引き受けてきたこの廊下が生み出しているのか。どちらであっても、敬意を失わず、厳粛な気持ちで歩けばいい。もし霊やお化けがいても、それは病院なのだから当然だ。ただ、失礼のないようやるだけだ。

　そう言い聞かせながら、隆治は歩いた。

「集中治療室《ICU》」と書かれたドアの小窓から暗い廊下に光が漏れている。あの部屋は二十四時間同じ明るさだ。いのちの瀬戸際で治療をする患者だけが入る。勝つ試合もあれば、負け戦もある。いのちの光が最後の咆哮《ほうこう》を放つ時、あの小窓から漏れる光は少し明るくなる。

　隆治の頭に、医学生のころ聞いた「集中治療室《ICU》は三途の川のクルージングだ」という言葉がよぎった。確か、言った学生は不謹慎だと教授にこっぴどく怒られていた。

集中治療室《ICU》に近づくと、ドアがひとりでに開いた。感染予防のためになるべく自動ドアがよい。ドアは二重になっており、次のドアも近づくとひとりでに開いた。

煌々《こうこう》と白熱灯に照らされた部屋。深夜のコンビニのようだ、と隆治は思った。鹿児島では田舎道は真っ暗で、突然出現するコンビニがまばゆかったものだ。

部屋の中にはいくつもベッドが並んでいた。先ほど手術をしたあの少年は一番出口に近いところにいた。ベッドサイドの名札には「山下拓磨《やましたたくま》」と記されていた。

――こんな名前だったのか。

隆治はそっと近づくと、彼の顔を見た。口からは挿管されたチューブが出ており、そのまま大きな人工呼吸器の機械に繋がっていた。鼻からも経鼻胃管《マーゲンゾンデ》と呼ばれるチューブが出ていて、ベッドサイドに吊るされた小さなバッグに繋がっていた。

隆治は一通りモニターや点滴などを見て問題ないことを確認すると、再び小さな顔に近づいた。定期的に人工呼吸器から送り込まれる酸素濃度50％の気体により、胸や顎は規則正しく上下を繰り返していた。まぶたは軽く開いており、黒く長い睫毛《まつげ》は少し湿っていた。口は開けられ、顔にはテープで二本の管が留められていた。頰はふっくらとしていた。薄い水色の手術衣に包まれ、体全体が少し右を向いていた。床《とこ》ずれ防止のために定期的に右向きや左向きにしているのだった。

しばらく見ていると、急に少し口を動かした。もぐもぐと、管を押し出そうとしている。と同時にまぶたを二回、閉じてはかすかに開けた。あまりに小さい動きだったから、ずっと見ていなければわからなかったかもしれない。しかし、隆治にはこれが拓磨の生きようとする意志のように思えた。

医学的には、浅めの鎮静状態の時にこういう動きがあるのは自然である。隆治はそれを理解していた。その上で、隆治は彼の生きたいという意志を強く感じた。自分がそう感じたいだけなのかもしれない。しかしそれでもよかった。

この小さな人間を、隆治は何としても生かしたかった。

ナースに「何かありますか」と小声で尋ねると「大丈夫です」と言われたので、隆治は集中治療室《ICU》を後にした。

まだ俺は当直中なのだ、一件手術を終えたからといってそれは他の患者には関係のないことだ。ひとまず救急外来に戻らねば。

隆治はもと来た廊下をまた歩いて行った。

＊

その夜は、それ以上救急外来に患者は来なかった。

隆治はそのまま当直室で眠った。手術でかなり疲れていたのだろう、深い深い眠りだった。早朝、目を覚ますと、疲れがほとんど取れていることに気づいた。独房のような窓のない部屋のベッドに横たわったまま、隆治は考えた。

――睡眠とは、脳が要請する脳のための時間だ。脳は情報処理を電気信号で行う臓器だ。コンピューターを数日に一度は再起動させないと性能が低下するように、脳も一度は停止寸前まで下げなければ、情報処理能力が低下するに違いない。俺は短時間であるが深く眠った。脳がきっちりと処理能力を戻した、そのおかげで今朝の俺の全身は軽いのだろう。

隆治はぱっと身を起こすと白衣をひっかけ、トイレで顔だけ洗ってからまっすぐ集中治療室《ICU》に向かった。前夜に救命した少年の生存をすぐにでも、直接自分の目で確かめたかったからだ。

少年はいた。ほんの数時間前に見ているのでいるに決まっているのだが、やはりいたことに安堵した。すやすや眠っているようにさえ見える。尿の色も濃すぎず悪くないし、血圧も安定している。

——これなら今朝、抜管できるかな。

「抜管」とは、口から気管に挿管されているチューブを抜く行為を指す。それをするには血圧や呼吸の状態が安定しているなど、いくつかの条件を満たさねばならない。交通事故による外傷の緊急手術後という特殊な状況で、隆治には抜管をしていいかどうかはまったくわからない。

ひとまず隆治は病棟に行き、研修医の仕事である入院患者の採血をした。この日は二人だけだったので楽だった。そして外科の会議《カンファレンス》に向かった。

*

真っ暗な会議室は、寒く感じるほどエアコンが利いていた。

「では、昨夜の症例です」

司会の岩井が言った。隆治が発表《プレゼン》を始める。プロジェクターが投影した画像を、出席している外科医たちがいっせいに見る。

「はい。症例は五歳男児、交通事故による高エネルギー外傷の患者で……」

まとめたサマリーに沿って発表《プレゼン》していく。運ばれてきた拓磨、手術での痛々しい大きな創、そして口から入れられたチューブ……隆治は喋りながら自分の感情が揺れ動くのがわかった。しかし発表《プレゼン》では感情など入れてはいけない。治療対象者として客観的に捉える必要があるからだ。だからなるべく棒読みで発表《プレゼン》した。佐藤の喋りをイメージしながらだった。


「いやあ、大変だったね」

発表《プレゼン》が終わると、隣にいた須郷《すごう》部長が隆治のお尻をポンと叩いて言った。上半身だけのケーシーと呼ばれるタイプの白衣を着た、須郷のお腹はパンパンに膨れていて、これでは中華料理店のおやじさんみたいだ、と隆治は思った。白髪の下はいつもにこにこ顔で隆治にも優しく接してくるが、なんといっても外科の部長だ。本当はめちゃくちゃ怖い人なんじゃないだろうか……。

「なかなか珍しいケースだ、しかし大丈夫そうだね。ところで両親はどうなったの？」

須郷が穏やかな調子で質問してくる。

――しまった、把握していなかった……。

隆治が焦る隣で、佐藤が言った。

「父親は無傷、母親は鎖骨と下肢の骨を折っていたそうで、本日整形外科で緊急手術《オペ》だそうです」

「あ、そう。ドライバーが一番軽傷だからねえ、交通事故《TA》で正面衝突は。ま、早めに抜管できるといいね」

「はい、今日抜管できるかと思っております」

佐藤がそう言うと、部長はその大きなお腹を自分でぽんぽんと叩いて、

「そうか、まあ焦らずね」

とにっこり笑った。

「では会議《カンファレンス》を終わります」

ぞろぞろと外科医たちが部屋から出て行く。岩井が隆治と佐藤に声をかけた。

「で、どうよ」

隆治が答えようとするより前に、佐藤が答えていた。

「はい、バイタルも安定しており今日抜管できるかと思います」

「そうか、まあ部長も言ってたけど慎重にな。膵臓《パンク》のこともあるし」

「はい」

　そのやりとりだけをすると岩井は出て行った。佐藤はプロジェクターを片付ける隆治に「終わったら集中治療室《ICU》来て」とだけ言って立ち去った。

　隆治が集中治療室《ICU》に行くと、すでに岩井と佐藤が拓磨のベッドの前で話していた。

「ダメだな」

「はい、ダメですね」

　いったい何がダメなのか隆治にはわからなかったが、聞くわけにもいかない。仕方なく神妙な面持ちをして立っていた。

「抜管中止ね」

　佐藤が隆治に言った。

「呼吸状態が悪いね、こりゃ厳しいぞ。もしかすると負け戦かなあ」

　そう独り言のように言うと、岩井は集中治療室《ICU》を後にした。

　――負け戦……。なんて、なんてことを言うんだ。

「腸管が張って横隔膜を押している。そのせいで胸腔《きょうくう》が圧迫されて呼吸を邪魔しているんだ。このままもう数日は抜管できないかもしれない」

佐藤はそう隆治に説明すると、歩いて行った。

——そんな……。

隆治はガツンと殴られたような気がして、しばらく立ち尽くしていた。

*

隆治が病棟で細々とした処方や点滴のオーダーをしていると、PHSが鳴った。佐藤からだった。少し身を硬くして、通話ボタンを押した。

「はい、雨野です」

「あのさ、これからお父さんにムンテラするから集中治療室《ICU》来て」

「はい、わかりました」

そう隆治が答えるや否や電話が切れた。

ムンテラ。

この単語は医学生になってから初めて聞いた言葉だ。医者が患者やその家族に病状を説明することを言う。

学生時代、物知りな奴が「ドイツ語でムント・テラピーの略だよ。ムントは口の、という意味で、テラピーはセラピーと同じ。つまり口による治療という意味らしいけど、ドイツでは通じないらしい」と言っていたのを思い出した。医者によってはIC《アイシー》と言う者もいた。これはInformed Consent《インフォームド・コンセント》、つまり「説明と同意」の略だ。

——医者によってずいぶん言葉の使い方が違うもんだな。早く慣れなければ。

佐藤はせっかちだ。あの電話が来たということは、もう説明を始める直前なのかもしれない。隆治は小走りで集中治療室《ICU》に向かった。

集中治療室《ICU》に着くと、説明用の個室にはすでに岩井と佐藤がいた。

「……って感じでいいから、話しといて」

「わかりました」

岩井が席を立ち、部屋を出て行った。

「じゃあ私から話すから。ご家族呼んできて」

と佐藤が隆治に命じた。

隆治は集中治療室《ICU》の広々としたスペースを横切って、少年のベッドへ行った。ベッドサイドには心配そうな顔の父親がパイプ椅子に座っていた。

「すみません、拓磨くんのお父さんですか」

隆治がそう声をかけると、父親は無言で隆治を見た。

「すみません、私担当の雨野と申します」

そう隆治が言うと、父親は怪訝《けげん》そうな顔をした。隆治は（なんでこんな若造が息子の担当医なんだ）と言われている気がして、慌てて、

「今から向こうの部屋で上の先生がお話ししますので」

と付け加えた。なんだか言い訳のような気がした。

「はい」

父親はパイプ椅子からゆっくりと立ち上がった。小柄で、顎のあたりにうっすらと無精髭が生えていた。


父親を小部屋に入れ、看護師と隆治が座ると部屋の中は四人になった。狭い割に中央のテーブルが大きく、その上には電子カルテとモニターが置いてあった。


佐藤が話し始めた。

「担当医の佐藤です。こちらは雨野です。よろしくお願いします」

「…………」

父親は無言で頭を下げた。

「昨日簡単にお話ししましたが、今日もお話ししますね」

昨日もう説明をしていたのか。自分がぶっ倒れている間に、父親には話をしたのだろう。

父親は伏し目がちに黙っている。よく見るとまだ若く、二〇代のようだった。白いポロシャツの襟がよれて曲がっていた。

「拓磨くんは、昨日救急車で当院に来られ、緊急手術をしました。その理由は、シートベルトでお腹の壁が壊されてしまい、お腹の中身が飛び出してしまっていたからです」

佐藤は続けた。

「手術ではダメになっていた腸を切り取り、繋ぎ直しました。そして膵臓がダメージを負っていそうだったため、チューブをお腹の中に入れました。お腹の壁の筋肉がちぎれてしまっていたので、ちょっと無理にお腹の壁を縫い合わせて手術は終わっています。ここまでは昨日お話しした通りです」

父は小さくうなずいた。

「手術が終わってから、集中治療室《ICU》に入りました。口からチューブが入ったままで、今は薬で眠らせて人工呼吸器に乗っています」

人工呼吸器に乗っている、と言うんだ。初めて聞いた表現だった。

父親は動かない。

「正直なところ」

佐藤はそれだけ言うと、間をあけた。部屋は静かで、遠くで何かのモニターのアラーム音が聞こえるだけだった。看護師は黙っていた。隆治はつばも飲み込めなかった。

「あまりよくありません」

そう言った瞬間、父親はピクッと動いた。

「お腹がパンパンに張っているせいで胸を圧迫しています。そのせいで呼吸があまりうまくできていないのです。さらには」

佐藤は止めずに続けた。

「事故であちこちの筋肉が傷んだようで、傷んだ筋肉から流れ出した物質が腎臓を悪くしています。このままいくと、腎不全に陥ってしまうかもしれません」

そう言うと、佐藤は一呼吸おいて言った。

「ここ数日がヤマでしょう」

――そうだったのか……。

研修医の隆治には、一つ一つのデータの異常はわかるが、それらを統合して考える力はまだなかった。拓磨のお腹の張っている状態と呼吸は結びつかなかったし、筋肉のダメージと腎臓は繋がらなかった。

しかし人間の体は全てが繋がっている。心臓と肺は連係して体じゅうに酸素を運んでいるし、肝臓が体内に取り込まれた毒を解毒すると、腎臓はそれを捨てている。そして心臓・肺と肝臓・腎臓もいろいろなホルモンでお互いに影響しあっている。人間を一つの系《システム》として見る能力は、医学部の試験勉強だけでは身につかない。これを学ぶための研修医生活でもあった。

父親は小さな声で、

「そうですか」

とだけ言った。現実を受け止めるだけで精一杯のようだ。無理もない。息子と妻が手術を受け、息子の方は命の危険がある状況なのだ。しかも自分が運転していた車が事故に遭って。

佐藤が「何かご質問はありますか？」と尋ねた。隆治にとってはかつてなく優しい佐藤の声だった。

「いえ……とにかく……」

父親はそう言うといきなり椅子から立ち上がり、

「息子を助けてください！　よろしくお願いします！」

と直角に腰を折って頭を下げた。思わず佐藤と隆治も立ち上がり、頭を下げた。

看護師が促し父親が退室した。佐藤はいつもの調子に戻り、

「説明した内容、カルテに書いておいて」

と言った。

そして部屋を出る時、佐藤は立ち止まった。

「絶対なんとかするぞ」

「はい！」

＊

「おはようー、また寝てんのリュウちゃん」
そう言いながら同じ一年目の研修医である川村蒼《かわむらそう》が医局に入ってきた。川村はいつも
朝が早い。このソファで川村の声を聞くのは何度目だろう。どうやら昨夜遅くまで仕事

をして医局のソファで横になり、いつの間にか白衣のまま眠ってしまっていたらしかった。どう体を起こそうにも、あちこちの関節が錆び付いたようにぎしぎしと動きづらく、力が入らない。仕方なく横になったままで、

「うん、おはよう」

とだけ言った。

「あれ、なんか今日は顔パンパンじゃん」

川村が隆治に顔を近づけた。レモンのようないい匂いが隆治の鼻孔をくすぐった。

——東京の奴は香水も使うのか。

驚きながらも、驚いたことに気づかれるのが嫌で香りについて聞くのは我慢した。川村は東京都内の私立大学医学部の出身だった。見るからに苦労をしていなそうなサラサラとした髪で、笑顔になると八重歯が見えた。その笑顔は、初めて会った時から隆治の警戒を簡単に解いた。と同時に隆治は川村と顔を合わせるたびに、田舎出身の自分の野暮ったさを思い知らされた。

「うん、こないだ救急が来てさ、いま集中治療室《ICU》に患者がいるんだ」

「あ、その人知ってるよ俺。若い人だろ?」

川村は白衣に着替えながらあんまり興味がなさそうに言った。

「いや、若いっていうか小児《しように》」

「え、そうなの？　あれ？　来てすぐ死んじゃった人？」

「違うよ、今抜管に向けて頑張ってるとこ」

「あれ？　あ、死んじゃった人は別の人か、なんかジューダイの人が」

「それは多分違う人だよ。俺の人は交通外傷《トラウマ》だから」

「あ、なるほどねー」

　川村は鼻歌を歌いながら着替えている。

　――なんてことを言うんだ。死んだ人と一緒にするなんて。

　隆治はそう考えながらも、いやしかしその人だって死にたくて死んだんじゃないし、失礼なのは自分の方かもしれない、とも思った。そもそも、若い人が救急外来に来て亡くなったという「研修医的大事件」を知らなかった時点で、反省した。拓磨にかかりきりになっていたからだろうか。

　なんとなく、隆治は川村に拓磨のことを詳しく話した。

「高速の正面衝突でさ。腹壁がちぎれてて、来た時には腸が見えてた」

「え、マジで。それヤバくない？　手術《オペ》すんの？　そういう時」

「うん、緊急手術《オペ》。急いで手術室《オペ》行って、小腸を一カ所切ったんだけどあとは大丈夫そうで。膵臓がちょっと挫滅してたけど、膵管は大丈夫そうだったからドレーン入れてきた」

「『入れてきた』って、リュウちゃん見てただけでしょ」川村が笑った。

「それ、誰と？」

「外科の岩井先生と佐藤先生」

「あ、佐藤先生って知ってる！　美人だよね、でも気が強そう」

「うん、結構怖いよ。カレーもすごい辛いの食べるし」

「ふーん。で、その子どうなったの？」

隆治は精一杯冗談を言ったつもりだったが、川村はそれには反応しなかった。

「今は集中治療室《ICU》にいる。お腹が張っちゃって抜管できなそうでさ」

「そっか。だからリュウちゃん毎日泊まってんだ。偉いなあ」

「いや別に偉くないんだけど、帰るのが面倒で」

ふーん、と言いながら川村は、

「でもそれって疲れない？　疲れて仕事の効率悪くなったら元も子もないじゃん」

「うーん。確かに」

——そんなこと言ったって、拓磨くんが重症なんだからいるしかないじゃないか。

隆治がムッとしたのに川村はすぐ気づいたようだ。

「ごめんごめん。毎日泊まっててすげえと思っただけだよ。ほら俺、そういうのダメだからさ」

「あ、ごめん、そういうつもりじゃないんだけど」

今度は隆治が川村を謝らせたことに慌てて言った。

「でもさあ、給料三〇万ももらってねえのにな、俺たち」

「うん」

「時給に換算したらリュウちゃんとか六〇〇円くらいでしょ」

「そうか、そんなもんかも」

「いちおう六年も学生やって、その上国家試験まで受かってるのにな」

「うーん」

川村は白衣に着替え終わった。

「こないだもあったじゃん、研修医が過労死したってニュース」

「ああ、もう驚かないねえ」

「リュウちゃんは気をつけてよ、マジで」

そう言うと川村は電子カルテのキーボードをパタパタと打ち出した。

——過労死……俺が？　まさか、ね。

まだ六時をちょっと回ったころだろうか。窓から陽が射し込んだ。力強い、重たい光が室内のほこりを透過し、医局の古いソファを照らしていた。この部屋は研修医専用の部屋なので二〇人分のデスクしかなく、それほど広くはなかった。隆治はこの時間の医局が好きだった。

仕事の準備ができたらしい川村が、部屋を出る時に言った。

「まあそんなに頑張りすぎるなよ、仕事なんだからさ。今度リュウちゃん飲み会に連れて行くからよろしくね。合コン行こうよ合コン」

「うん……」

合コンと言われても、ほとんど行ったことがない隆治は返事に困った。医者になって初めて上京し、ほぼ毎日病院に寝泊まりする隆治にとって、川村の話はいつも遠い外国のことのように思えた。東京と鹿児島、生まれ育ちでこれほど違うものなのだろうか。

——あ、そろそろ採血に行かないと……。

隆治はヨレヨレの白衣を着ると、勢いよく医局のドアを開けた。

Part 2　生活保護

　病棟に行くと、看護師の吉川《よしかわ》が隆治に声をかけてきた。吉川はそこそこベテランで、日頃から何かと隆治の仕事に助言をくれた。二〇代後半だろうか、隆治よりは少し歳上らしい。目立つ美人ではないが、愛嬌のある顔にいつも優しげな微笑《ほほえ》みを浮かべている。

「雨野先生、おはよう。今日も研修医くんは採血かな？　感心感心」

「あ、吉川さんおはようございます。はい、ありがとうございます」

「そういえばさ、今日入院してくる人って先生が主治医になってたわよ。知ってた？」

「はい、言われていましたから。九〇代の胃がんの人ですよね。主治医って不安なんですけど……」

「まあ研修医は一応形だけ主治医で、大切なところはだいたい上のオジサンたちがやってくれるから大丈夫よ。ちょっと歳だから大変そうだけど頑張ってね」

「ありがとうございます」

少しおせっかいなくらいの吉川の関わり方が、まだほとんど味方のいない研修医にとってはありがたかった。

ナースコールが鳴って、採血で困ったら呼んでねー、と言いながら吉川は歩いて行った。


隆治は採血の準備をすると、ごろごろと採血用のカートを押して患者さんのベッドを回った。この病院では普段は看護師が採血をやっているが、隆治はトレーニングのために毎朝患者さんの採血をするように佐藤に言われていたのだった。

「山田《やまだ》さん、おはようございます」

四人部屋のカーテンを開けてベッドサイドに入る。患者はまだ寝ていた。もう一度小さな声で「山田さん」と言って肩を軽く叩くと、山田は大きな体をびくんと動かして起き上がった。

「おい、なんだよいきなり起こすなよ！　研修医！　ねみいのによ……」

「すみません……」

担当ではない山田にいきなり「研修医」と言われ、隆治は動揺した。

──なんで俺が研修医ってわかったんだろう。しかもいきなり起こすなよって言われたって、じゃあどうやって起こせばいいんだよ。

そう思いながらも顔には出さず、

「すみません、今日は採血検査の日なので。朝早くにすみません」

と言った。

山田は見るからに不機嫌そうな顔で、パジャマの袖をまくって左腕を出した。

「すみません。じゃあ縛りますね」

そう言って駆血帯《くけったい》のゴムチューブを山田の腕の脇に近いところに巻く。一回使い切りのアルコール綿を開けて出すと、揮発したアルコールがまだ完全に目覚めていない隆治の鼻をつんと刺した。

「ちょっと見ますね」

山田の腕には太く硬い毛が整然と生えていて、肌は張りを保ちぴんとしていた。他の患者よりも肌が若いな、と隆治は思った。事実、山田はまだ四〇代だった。しかし、末期の膵がん患者だった。

「手をグーパーグーパーしてくださいね」

そう言うと、山田はいかにも面倒といった風に顔を背けつつも、やってくれた。

「ありがとうございます、拝見します」

こういう患者さんにはとにかく丁寧に。高級レストランのボーイのように、ロールスロイスの運転手のように。怒らせたり、不快に思われたりしてはいけない。

隆治は山田の肘《ひじ》から手首にかけて、内側と外側をじっくりと見た。

「採血がうまくいくかどうかは刺す前の段階で九〇%は決まっている」

そう教えてくれたのは医学生時代の、太った色白眼鏡の医者だった。「学生指導しか能がない」と他の医師や学生から馬鹿にされていたが、隆治は尊敬していた。

顔を近づけ、右手の指の腹で触りながら血管を探していく。探す時間が長くなると駆血帯で縛られた腕はしびれて痛くなってきてしまう。早くしなければ。目がチカチカするのは睡眠不足だからだと思い、目を一度ぎゅっとつぶって開ける。

腕の静脈は、駆血するとすぐに膨れ上がるため、普段見えない人でも盛り上がって見える。山脈の尾根のようなわずかな盛り上がりが、手の甲から肘のあたりまで続く。合流し分岐し、複雑なネットワークを作りながらやがては鎖骨の下で鎖骨下静脈という親指ほどの太さの一本の静脈になり、心臓へ向かって還流する。まるで山奥の細い源流が集まり、やがては大河となって海に流れ込むように。

大河の流れの途中には街があり、市場があり、水門がある。同じように静脈の流れの途中にも関節があり、筋肉があり、静脈弁がある。

隆治は刺しやすそうないい血管を肘の近くで見つけた。弾力があり、太さも四ミリはある。ぱんぱんに張っていてソーセージのようだ。

——これだ。今日は勝てる。

「では、消毒しますので」

出しておいたアルコール綿でその血管の周囲を拭いた。拭きながら山田にはわからないよう鼻から大きく息を吐いた。

隆治はトンボ針と呼ばれる針を出して、「では刺しますね」と言った。言ってからすぐに刺さないと恐怖を感じる時間が長く、痛みも強くなると隆治は思っていた。だからすぐに刺した。

針の斜めにカットされた先端が、皮膚を裂き皮下組織を分ける。その針が静脈の壁を破るプツリとした感覚は、まだ隆治にはわからなかった。が、血の逆流があり、針の先端が血管に入ったことはわかった。どす黒い血液がボトルにびゅうびゅうと噴き出す。

隆治はやっと力を抜くことができた。

「痛いよ、うまくいってるの?」

「すみません、ちゃんと採れていますので」

だいぶ誇らしい気持ちで、隆治は駆血帯を外してから針を抜いた。抜く瞬間まで気は抜けない。というのも、針が入ったルートでまっすぐに抜かなければ、針の先が周りを傷つけて痛いことがあるからだ。

「では、針を抜きますね」

なるべく力が入っていないような声で言い、すっと針を抜いた。

「テープで止めておきますが、五分くらいご自分で押さえておいてくださいね。それじゃあ失礼します」

ごみを片付け、カーテンを開けて山田のベッドサイドから出る時にはすでに隆治は汗だくになっていた。右腕の白衣の袖で顔と首をぬぐった。

その朝、隆治は結局、五人の採血をした。その都度汗だくになった。

＊

採血を終えると、隆治は朝食を買いに地下一階の院内売店に行った。サンドイッチかおにぎりか、散々迷った末におにぎりを一つ買った。本当はサンドイッチが食べたかったのだが、値段がおにぎりの倍以上したからだ。隆治には金がなかった。研修医の給料は手取りで二〇万円程度な上に、東京の家賃は高く手元には一〇万円ちょっとしか残らなかった。おまけに一冊五〇〇〇円はする高い医学書をたくさん買いたいので、余計な出費は控えたかった。

ナースステーションに戻ると、買ったおにぎりをさっと一口で頬張った。口をもぐもぐさせながら、パソコンのモニターで担当患者をチェックしていた。

——あ、そういえば新しく今日入院する人の予習をしないと。

そう思い、カルテを開いた。

九四歳男性、胃がん。外来の担当医によるカルテには、

「胃癌 type2 T3N2M0 Stage ⅢA　切除可能か」

と書かれていた。切除可能。隆治は身震いした。

——九四歳だろ？　手術《オペ》ってできるのかな。

日本のほぼ全ての医師は日本国内の大学医学部を最低でも六年かけて卒業し、難しい医師国家試験に合格して医師になる。その教育を受けていても、隆治にはこういった判断はできなかった。

病棟のパソコンでこの患者のカルテを必死に見ていると、いつの間にかナースステーションは人でいっぱいになっていた。

朝の外科病棟は慌ただしい。深夜の勤務帯のナースが朝から出勤するナースに「申し送り」（患者に夜起きたことを次の勤務のナースに口頭で報告すること）をし、手術を行う患者さんを手術室に連れて行き、手術前の外科医が入院患者を回診して看護師に指示を出すからだ。

隆治がパソコンで薬を処方し点滴の指示を入力していると、先輩の佐藤玲がさらに年長の外科医、岩井と一緒に来た。

「おはようございます」

二人の反応はなかった。

「今日の入院さん、夕方の会議《カンフア》で発表《プレゼン》してね」

そう岩井が言うと佐藤は、

「わかりました、準備しておきます」

と答え、電子カルテにものすごい勢いでタイピングを始めた。

「おう研修医、頑張ってるか」

岩井が隆治に気づいたらしく、声をかけてきた。

一八〇センチを超える岩井に目の前に立たれると威圧感が凄まじい。隆治は思わず立ち上がった。

「は、はい！　ありがとうございます！」

「そうか。今日の入院の人、アナムネ取ってカルテに書いておけよ。お、じゃあお前が発表《プレゼン》するか！　うん、そうだな、そうしよう！」

――アナムネって確か病歴とか飲んでる薬とかの情報のことだよな。

隆治はそう思いながら「はい！」と答えた。まだ隆治は岩井とそれほど話したことはない。自分の名前を覚えられている自信もあまりなかった。

＊

その日の手術が終わり、午後になって隆治が病棟に戻ると看護師の吉川とばったり会った。

「入院さん、来てるわよ」

「ありがとうございます」

隆治が大部屋のその患者のところへ行こうとすると、吉川が、

「ちょっと待って」

と呼び止めた。

「話聞いてくるの？」

「はい、アナムネを」

「あのね、かなりご高齢で認知症もあるから、多分話もあんまり通じないわよ。頑張ってね。コツは」

「ありがとうございます」

隆治がそう言って歩き出そうとしたので、吉川は隆治の白衣の裾を掴んだ。

「ちょっと。まだ話は終わってないわよ。コツは、低めの声でゆっくり話すこと。老人性難聴は高音が聞き取りづらいからね。それと、あまり大声を出さなくていいわよ、耳元でお話しして」

そう言って吉川はにっこり笑った。隆治はその笑顔に少し動揺しつつも、「ありがとうございます」と頭を下げた。

「8号室」とプレートの掲げられた四人部屋に入ると、その患者は窓側にいた。

「こんにちは、失礼します」

隆治はカーテンをさっと開けた。何も反応はない。老人は布団をしっかりかぶって、頭と足の側を反対にして寝ていたようで、足元には枕があった。初夏の昼下がりの陽が窓から射し込み、掛け布団の半分ほどを照らしていた。隆治が入ってきたのに気づき、目を開け笑顔になった。

「初めまして、研修医の雨野隆治と申します」

かなり大きい声で言ったつもりだったが、聞こえていないようだった。

「大きいね」

不意にそう言われたので、

「え、すみません、何が大きいのですか？」

と耳元で聞いたが、返事はなかった。顔を近づけると、少し尿のにおいがした。

――一人暮らしだし、あまり衛生的な生活をしていないのだな……。

続けて「これまでどんなご病気をしたのですか」「今お辛いことはなんですか」などいろいろな質問をしたが、「これは大きいね」とか「でもやっぱり大きいね」としか返事をしてもらえなかった。

あまり情報が取れなかったなと思いつつ、最後に、

「これからもよろしくお願いしますね」

と言うと、その患者は急に隆治の目を見つめた。そして両手で隆治の右手を握った。

無数の皺の奥にある小さな黒目を見ていると、隆治はいつか動物園で見た象の目を思

い出した。一〇秒ほどもそのままにしていただろうか。なんだか全てが見透かされそうな目。こちらが認知症の高齢者と思って接していることに気づかれそうな気がして、隆治は自分から手を離した。

隆治がナースステーションに戻ると吉川がいた。

「吉川さん、全然ダメでした」

「そうかー。じゃあ私がある程度聞いた情報を教えておくわね」

吉川は、これまでの病歴や飲んでいる薬（これは「お薬手帳」で把握できた）、今の症状について教えてくれた。

なんと、この患者は食事をまったく取れていないのだった。妻に六年前に先立たれてからは一人暮らしで、子どもとは縁が切れているそうだ。そしてどうやら身の回りの世話も自分でだいたいしているようだった。あの尿のにおいからして、おそらくあまり清潔な暮らしはしていないだろう。

なぜ吉川がそれほど多くの情報を取れたのか隆治にはまったくわからなかったが、とにかくありがたくいただくことにした。夕方からの会議《カンファレンス》で、彼について発表《プレゼン》しなければならなかったからだ。まったくもって看護師とは不思議な人たちだ。

＊

夕方六時半。小さな会議室に外科医六人が集まった。お腹が大きく出た須郷部長をはじめナンバー2、ナンバー3の外科医、大柄な岩井、その下の後期研修医である佐藤、そして隆治だった。部屋を真っ暗にし、プロジェクターでスクリーンに電子カルテの画像を大きく映し出す。スクリーン上にCTやレントゲン、内視鏡の写真などを次々に出すのが研修医である隆治の役目だった。翌週に手術を予定している患者一人一人の画像を外科医全員で見て、治療方針や術式（手術の方法）を決めていく。

会議《カンファレンス》は順調に進んだ。

「次、研修医の発表《プレゼン》」

立って進行をしていた岩井が言った。

「はい、よろしくお願いいたします。症例は九四歳男性、主訴は経口摂取不良です。現病歴ですが、もともと半年ほど前からあまり食べられなくなっていたそうです。先月から食べるたびに吐いてしまうようになり、気づいたヘルパーさんが病院に付き添い受診されました。精査の結果、胃がんと診断されました」

前もって電子カルテで作ったサマリーを印刷した紙を読む。緊張で声が震えていた。

「独居《どっきょ》？」

岩井が聞く。

「はい、お一人暮らしです」

間髪を容れずに隆治が答える。

「身寄りないの？　生活保護《セイホ》？」

「はい、奥さんは他界しお子さんとも縁が切れているそうです。生活保護《セイホ》です」

返事はなく、ウイーンというプロジェクターの冷却ファンの音だけが暗い会議室に響いている。

――続けていいのかな……。

隆治はじっとりと背中に汗をかいていた。誰も何も言わないので、きっと続けろということなのだろう。

「画像を供覧《きょうらん》します」

そう言ってレントゲンをクリックした。

「胸部レントゲンは肋軟骨《ろくなんこつ》の石灰化を認め、軽度の心拡大《しんかくだい》を認めます。腹部レントゲンでは、胃泡《いほう》の拡大を認めます。その他、異常所見はありません」

誰も何も言わない。微動だにしない。

「続いて内視鏡の所見です。胃の前庭部《ぜんていぶ》に巨大な腫瘍《しゅよう》を認めます。続いてCT……」

「ちょっと待て。その腫瘍、肉眼型《にくがんけい》は？　深達度《しんたつど》は？」

岩井が遮った。

「すみません。肉眼型は2型で、深達度は、えっと……」

隆治は暗い中でサマリーの紙に目を凝らした。

「紙読むなよ、覚えろよ」

岩井が苛立たしげに言った。

「はい、すみません。深達度はT3でした」

「T3でしたって、この画像見りゃ誰だってわかるんだよ、お前以外」

ははは、と誰かが笑った。

「はい、すみません。続けます。CTですが……」

隆治の背中を汗が伝った。もはや準備したサマリーを見るわけにはいかなかった。しかし、隆治は内容を暗記していなかった。

「CTですが、腫瘍はこちらに認め」

レーザーポインターでぐるりとスクリーンを指すが、緑色光は小刻みに震えていた。

「さらにリンパ節の腫脹《しゅちょう》を認めます」

「どれですか」

佐藤が聞いた。

「ええと、これと、これと……」

「その下のもね……そう、それ」

佐藤も自分のレーザーポインターで指し示してくれた。

「ありがとうございます。これら合計三個のリンパ節転移を疑います」

隆治が言葉を止めるたびに、重い静寂が会議室を満たした。

「他に遠隔転移はありません。全身状態ですが、認知機能の他は」

ううん、と咳払いをした。言葉が引っかかってうまく出てこなかった。

「もともと大酒家《たいしゅか》でアルコール依存症の既往もあり、現在高度のアルコール性肝硬変がありま す。その他は特に問題はありません。治療方針は、手術と考えています」

誰も何も言わない。ただ黙って全員がこの患者の胃がんのCTを見つめている。

岩井が不意に口を開いた。

「独居で家族もいない生活保護《セイホ》。認知症でコミュニケーションも取れない。そして肝硬変にこの超高齢です。ＢＳＣを考えております」

　部長の須郷が応ずる。

「うん、仕方ないよね」

　隆治はそのやりとりを聞いて驚いた。

——ＢＳＣって、Best Supportive Careだろ？　手術《オペ》も何も、がんの治療はやらないってことだろ？　手術《オペ》で取り切れるのに？

　隆治はよっぽど口に出したかったが、医者になってたった数カ月の研修医がそんなことを言えるはずもない。隆治は助けてくれと言わんばかりに佐藤を見た。佐藤は相変わらず整った横顔をしていたが、その表情は平坦で、賛意も関心も読み取れなかった。他の外科医も誰も何も言わない。

「他に問題となる症例がなければ、会議《カンファ》を終わります」

　そう岩井が言うと、外科医たちはいっせいに部屋から出て行った。

　一人残された隆治は会議室の明かりをつけると、プロジェクターやスクリーンを片付けながら、さっきのやりとりを思い出していた。

BSCを考えております。

うん、仕方ないよね。

いったい何が仕方ないのだろうか？　九四歳という年齢。認知症。家族がいない。だから彼の生存は終了なのだろうか？　医療費が全額無料になる生活保護《セイホ》が関係あるのだろうか？

いや、手術をすればあと何年かは生きられるかもしれないし、少なくとも口からご飯を食べられる。何もしなければどれくらいなのかはわからない。手術をするのが正しいのか、しないのが正しいのか。寿命を延ばすことだけが目的なのであれば、手術はした方がいい。しかし、社会全体で考えたらどうなのだ。手術をして彼が生き延びた場合、何が起こるのか。社会としては負担が増えるだけなのか――。

隆治にはわからない。胸のつかえをそのままに、会議室の明かりを消し鍵を閉めた。

*

医局に戻ると川村がソファに座り携帯電話をいじっていた。すでに白衣は脱いでいた。

「よう、お疲れ」

「おお、お疲れ様」

隆治が力なく言うと、川村は隆治の方をちらっと見てまた携帯電話に目を落とし、

「いいねえ、疲れ切ってるねえ。どしたの死にそうな顔をして。まるで忙しい研修医みたいだぜ」

と笑った。

「実はさ」

隆治が言いかけたが、川村は画面に夢中で聞いていないようだった。

「いや、なんでもない」

隆治は話を引っ込めようとした。

「どしたのどしたの、アメちゃん」

「なんだよアメちゃんって」

「リュウちゃん最近暗いからさ、あだ名変えてあげたのよ。雨野だからアメちゃん。いいだろ？　この方がかわいいし、第一キャラに合ってる。リュウちゃんじゃ格闘家みたいで名前が強すぎだわ」

「ん、まあいいけど……」

「で、どしたのよ」

川村は携帯を置くと、隆治と目を合わせた。

「いや実はさ」

隆治は先ほどの会議《カンファレンス》の話をした。超高齢者の胃がん患者がいて、がんのせいで食事が取れないこと。がんは手術で取れるのに、あっさり「ＢＳＣ」の方針になってしまったこと。そしてそれに何も言えなかったこと、誰も何も言わなかったこと。

川村は「ふーん」とか「へー」とか合いの手を入れながら聞いていた。話が終わると、しばらく考えた後に言った。

「アメちゃんさ」

「うん」

「その人さ、やっちゃダメじゃね？　俺も手術《オペ》しない方がいいと思う」

「え……そう？」

隆治は川村の予想外の返答に驚いたが、動揺していないふりをした。

「うん、九〇まで生きればもう十分じゃない、普通。しかも手術《オペ》なんかしたら危ないぜ、きっと。肝硬変もあるし」

「…………」

「そんなところで外科医がリスク取ってたら、夜とか飲みに行けないじゃん。本人は認知症でわからないんだろ、誰も文句言ってこないじゃん」

「夜飲みに行くのは関係なくないか」

「あるよ。だってなんのために仕事してんの？」

「え、患者さんのためだろ」

「ははは、アメちゃんって本当におもしれーな！　患者さんのために仕事？　かなり笑えるよそれ！」

本当におかしそうに川村が言った。

「おかしくないよ、俺はそう思ってる。文句を言われないからあの人は死んでもいいのか。それは間違ってるよ」

「間違ってないよ。バランス悪すぎるよ。こう言っちゃ悪いけどその人が死んだら何が変わる？　医療費が少し浮くくらいじゃないか。その人生活保護《セイホ》なんだろ？」

「じゃあ、入院費と手術代、何十万円も税金で負担して治療する？」

「そのための制度なんだろ。だって、そんなことで人間の生き死にを決めちゃいけないだろう」

「じゃあどうやって決めるのよ、アメちゃんは」

「それは……」

隆治は黙ってしまった。しばらくの沈黙の後、川村が言った。

「マジな話するとさ、飲みに行くとかの話をおいといても、その人の手術《オペ》適応ってないと思う」

「…………」

「手術《オペ》して命を延ばすからには、その人とかその家族とかが幸せにならなきゃダメだろ」

幸せ……川村の口から意外な単語が出てきて、隆治は驚いた。

「しあわせ、か」

「うん、しあわせ、だよ。その人を手術《オペ》したら誰が幸せになる？　その人？」

「え……うん、多分……」

「うん、生活保護《セイホ》」

「ほんと？　その人認知症なんでしょ、会話が通じないのに幸せかどうか自分でわかるのかな」

「……いや、だからって死ぬより生きてる方が幸せ……じゃない……かな……」

「俺としては疑問だね。本人はいいとしても、家族とか友達とかはいるの？」

「いや、家族はいない……どこかにはいるのかもしれないけど、なんかもう誰とも連絡がつかないんだって。若いころアル中で家族にひどかったらしく、子どもからは縁を切られているという情報があった」

「そっか、じゃあ周りの人も幸せにならない」と言ってから、「可能性が高い」と川村は付け加えた。

「……そうか」

隆治はなんとなく納得できない気持ちを感じつつも、川村の説得力に呑まれていた。

珍しく川村は真面目な顔をしていた。

「だから、手術《オペ》はしない」

「うーん……なんだか……まあそうなんだけど……」

隆治は語尾を濁した。

「なんだよ」

川村が不意にソファから立ち上がった。

「思ってることあるならちゃんと口に出そうぜ、そうしないとわからないよ。俺とアメちゃんは他人なんだから」

「じゃあ言うけど、俺が納得できない理由を考えてみた。そしたら」

隆治は一呼吸あけて、続けた。

「ほら、外科の先生たち、というか上の先生たちはその人の手術《オペ》ができるだろ？」

「うーんと、それは技術的にってこと？」

「そう。俺にはできないけど、上の先生たちならできる。で、胃がんの患者さんがいる。その人はがんのせいで胃が詰まっちゃっててご飯が食べられない」

「うん」

「でも、手術《オペ》をすれば胃がんは治るかもしれないし、食事は取れるようになる。もちろん手術《オペ》のリスクはあるけど」

「ん、まあな」

「そういう『手術《オペ》』っていう武器を持っていて、目の前にその武器でよくなる人がいる。それを使わないってのは、なんというか、いいのかな。正義なのかな」

「正義……。また難しいこと言うね、アメちゃんは」

隆治は頭をかきながら言った。

「うーん。じゃあ例えばあの人が二〇歳若くて七四歳だったら、手術《オペ》するよね」

「うん、そうだね」

「年齢ってだけで手術《オペ》しないのは、俺は……嫌なんだよ」

隆治は言いながら、自分の言っていることがおかしいような気がしてきた。これではただの感情論ではないか。

「アメちゃんの言いたいことはなんとなくわかるよ」

川村が助け舟を出したから、隆治は少しホッとした。

「でも、人間の寿命はどんなに長くたってせいぜい一〇〇歳ちょっとだ。その人は九四まで生きたんなら、それでいいじゃないか。一〇代で死ぬ人もいる。ハタチまで生きられない人だってたくさんいる。俺たちはそういう人をたくさん知ってる。だろ？」

「まあね……もう少し考えてみる」

そうとしか言えず、隆治は白衣を摑んで医局を出た。

＊

医局を出ると、隆治の足は自然と集中治療室《ICU》へと向いていた。時計は一〇時過ぎを指している。一般病棟はもう消灯だが、集中治療室《ICU》は二十四時間灯りがついている。そのため、深夜でも気兼ねなく行くことができた。

集中治療室《ICU》の二重の自動ドアが開くと、隆治は眩しさに目を細めた。来るまでの廊下が薄暗かったため、目が慣れない。細目のまま、拓磨のベッドへと近づいた。

拓磨は静かにベッドに小さく寝ていた。

口には相変わらず小指ほどの太さのチューブが入っており、白いテープで固定されていた。プシュー、プシューという人工呼吸器の音とともに、小さな胸がわずかに上がり、そして下がる。白い包帯のようなものが両腕に巻かれており、そこから管がにょっと延びて点滴のバッグに繋がっている。

ベッドの柵には尿を溜めるバッグと、ドレーンと呼ばれるお腹の中の液体を吸い出す管に繋がったバッグがぶら下がっている。バッグはどちらも透明なので、中身を見ることができる。今はどちらも黄色で、濁ってはいない。これが濁ったら要注意だと、隆治は佐藤に言われていた。だから必ず一日三回はこうやって見に来ていた。

管から出ている液体の色を見るなど、この時代にずいぶんアナログだと思ったが、言われたことを一〇〇%やるのが今できる全ての努力だった。できることがそれしかないのは悔しくて情けない。それでも今はそれを全力でやることだ、と隆治は割り切ることで、心に侵入してくる無力感をはねのけていた。

ベッドの頭の方にはモニターがある。心電図の波形と呼吸の波形、そして動脈の圧の波形が表示され、血圧など五種類ほどの数値が刻々と表示されていた。この数字と波の形が、拓磨の生きている徴候のほぼ全てだった。波形や数字は一秒ごとに変化する。

隆治はしばらくそれをじっと見つめていた。

——心拍数《レート》が下がってきてる……血圧も上がってるし、きっとこれはよくなってきてるんだろうな。

そう思い、ちょっと安心した。正直なところ、一つ一つの数字の意味さえあまり理解できていなかった。が、ちらっと見た拓磨のカルテにも、先輩の佐藤が「改善傾向」と書いていた。さらに「明日抜管できそう」とも。

——もし明日抜管できたら、これはかなり前進するぞ。

隆治は近づいて拓磨の顔を見た。黒く長い睫毛は濡れているようで、つややかに光っている。ひたいのあたりは汗をかいていて、細い産毛《うぶげ》がおでこに張り付いていた。それをぬぐおうと思い隆治が手を伸ばすと、

「お疲れ様です、先生」

と後ろから声をかけられた。名前はわからないが、担当の看護師のようだ。隆治はよほど集中して見入っていたのか、看護師が近づいたのに気づかなかった。その年配の看護師は、にっこり笑うと、

「先生、これ」

とアルコールの消毒液のボトルを差し出してきた。手を消毒しなさい、という意味だろう。

「あ、すみません」

手を差し出すと、その看護師がプシュプシュッとポンプを二押しして泡を隆治の手にかけた。隆治はそのアルコールを手に揉み込みながら、

「すいません、つい忘れてて」

と謝罪した。

「だいぶ心拍数《レート》が下がってきて、少しずつ体を動かすようになってきています。おしっこも薄くなりましたし、明日いけるかもしれませんね」

とその看護師が言った。

――「明日いける」というのは、きっと「抜管できる」ということなのだろうな。

「ええ、そうですね」

明らかにこの看護師の方が集中治療の知識や経験に長《た》けていたが、隆治は背伸びをした。

「じゃあちょっと私あっちのベッドを見ていますので」

そう言って看護師がいなくなった。もしかして気を遣われたのかな。まあいいか。

あらためて隆治は拓磨の顔を見た。小さな顔は少しむくんでいたが、頬には赤みが差していた。救急車で来た時とは別人のようだった。明らかに、全身から生命の勢いのようなものが出ている。うまく説明できないが、来た時の拓磨とも、手術を終えた後の拓磨とも違う。なんとなく、大丈夫な気がする。そんな祈りに似た楽観で、隆治は拓磨を見つめていた。

——頑張れ。きっとすごく頑張っているんだろうけど、頑張れ。俺も頑張るから。

隆治はいつの間にか、自身の兄を拓磨に重ねていた。幼い日。遠い記憶の兄の面影。どんな顔をしていたか、はっきりとは思い出せない。記憶のかけらを集め、足りないピースを拓磨から借りて、隆治は兄の像を作っていた。

集中治療室《ICU》を出ると深夜の病院は物音一つせず、しんと静まり返っていた。

医局に戻ると、部屋の灯りはつけっ放しのまま、もうみんな帰ったのか誰もいなかった。唯一音を出しているのは、テーブルの上に置かれた時計の秒針だった。こち・こち・こち・こち……揺るぎないリズムを刻む音が、隆治の強張った心をほぐした。

隆治は、しばらくそのまま座って時計を見ていた。

*

翌日、しかし拓磨の抜管はできなかった。再び呼吸状態が悪化してしまったためだ。それからさらに数日、拓磨は低空飛行の状態が続いた。

その日は朝から忙しかった。今朝、病棟で佐藤に会った時、拓磨の話になり、

「今日抜管いけるかもしれない」

と言われたのだが、それも忘れてしまうほどの慌ただしさだった。そうだ、自分のいない間にもう重要イベントが行われているかもしれない……思い出した隆治は、足早に集中治療室《ICU》に向かった。

集中治療室《ICU》に行くと、案の定佐藤がいて、抜管の準備をしているところだった。危ないところだった。

——声くらいかけてくれたっていいのに……。

研修医はいつもこういう扱いをされる。一人前じゃないとはっきり言われているようだ。研修医はもちろん一人前ではない。しかし、超長時間の勤務よりも、こういう風に存在を無視されるのが一番精神的にきつかった。

「遅いよ、抜管するよ」

佐藤が淡々と言う。すでに準備はできていた。集中治療室《ICU》のナースも二人ついていた。少年は手足を動かしていて、それをナースたちが押さえていた。拓磨は完全に覚醒しているようだ。

「すみません」

急いでマスクと手袋をつけ、感染防止の使い捨てのビニール製エプロンをつけると、ベッドサイドに行った。

「いい、それじゃ先生が管を抜いて。私は吸引とかするから。やったことある？」

「いいえ、初めてです」

「小児が？」

「いえ、大人も含めてです」

「そうか、了解。チューブはまっすぐじゃない。緩くカーブしているから、このカーブに沿って無理な力を入れずに抜くだけだから。抵抗があったら無理はしない。OK?」

「はい」

いつもより説明が丁寧だ。自分を呼び忘れたことを少しは悪く思っているのかも。

「じゃあカフの空気を抜いて」

佐藤がナースに言った。

「よし、抜いて」

隆治はチューブを抜いた。途中でごりごりという手応えがあったが、引っかかるというほどではなかった。管が抜けると拓磨はむせ込んだ。実に弱々しいむせ込みであった。すぐに酸素マスクをつけた。佐藤が小児用の小さな聴診器で拓磨の胸の音を聞いた。

「よし、よし、大丈夫だ」

「うーん」

隆治は初めて拓磨の声を聞いた。救急車で運ばれてきた時にうめき声を聞いていたのかもしれないが、夢中で耳に入っていなかったのだろう。

「大丈夫ー?」

佐藤が大きな声で拓磨に話しかける。

「苦しくないー?」

拓磨は目を開けたり閉じたりしていたが、やがて目の焦点が定まってきたようで、

「うん」

とだけ言ってうなずいた。

隆治はホッとした。久しぶりに心の底から安堵した。

ベッドサイドには、先ほど佐藤が使った小児用の小さな聴診器があった。それが目に入った途端、隆治は胸が苦しくなり、全身が脱力した。気が遠くなりそうだった。

——いかん、集中しろ。ただ管が抜けただけだ。

それにしてもこんな小さいのに……。俺はこれまでにこんな苦しい目に遭ったことがあるだろうか。

けほけほと力なく咳き込む拓磨を見て、隆治の心はさらに掻き乱れた。兄は、あの時の兄はもっと、苦しかったのだろうか。

「雨野、どうした」

佐藤が言った。いつの間にか手が止まっていた。

「あ、すみません、大丈夫です」

「そう？　あとはしばらく呼吸の状態を経過観察《み》といて。一番危険なのはいつかわかる？」

「え、危険、ですか？」

隆治は何を聞かれているかさっぱりわからなかった。

「そう、再挿管のリスクが高い時間」

「ええと……それは……」

いつかどこかで勉強した気がする。大学の実習中だっただろうか……。

「確か、六時間後、でしょうか？」

「あのさ、『確か』とかやめてくんないかな。人の命かかってんだけど」

――人の命。

「すみません」

「ま、とにかく抜管したことをカルテに書いといて。で、レントゲン呼んで、あと三〇分後の動脈血採血《ガス》もオーダーしといて。私これから手術《オペ》だから、結果見てなんかおかしいことあったら手術室《オペ》に言いに来て」

「わかりました、すみません」

隆治はベッドサイドから離れ、電子カルテの前に座り、かちゃかちゃと音を立ててキーボードを叩いた。すぐに画面が滲《にじ》んでしまい、なかなか操作が進まなかった。

*

「じゃあ雨野先生、拓磨くんが一般病棟へ帰室《きしつ》です。行きましょう」

集中治療室《ICU》の看護師が隆治に声をかけた。PCに向かいカルテを書いたり処方をしたりしていた隆治は、

「あ、わかりました」

と言って拓磨のベッドサイドに行った。

抜管の後、隆治は手術室と集中治療室《ICU》を何往復もした。手術の見学をしつつも、拓磨の様子を頻繁に見ていたのだ。採血のデータやちょっとでも変わった様子があったら、手術中の佐藤に全て報告し指示を受けていた。実際はただの連絡と伝令係にすぎなかったが、何往復もしていると一人前の多忙な外科医になったようで、なんだか気分がよかった。

幸いなことに拓磨は抜管後、呼吸や血圧など全て安定していた。そのため、別の科の重症患者が集中治療室《ICU》に入ることになって「押し出し」で一般病棟へ移ることになった。集中治療室《ICU》患者の一般病棟への移動の時は、必ず医師が付き添うというルールになっていた。隆治は以前からその理由がわからなかった。医学上の理由があり医師が付き添った方が安全だというなら、自分のような医師になりたての研修医をつけてもなんの意味もない。実際はただの「ベッド押し要員」なんだろうなと隆治は割り切っていた。

とはいえ、患者さんを乗せたベッドを押して病院内を進むのはかなりの技術を要した。隆治は慣れておらず、あちこちの壁にベッドをぶつけていた。この日もベッドをターンさせる方向を間違えた。

――まだ「ベッド押し要員」も失格だな。

そう思うと、情けない気持ちになった。

一般病棟へ行くと、拓磨はまずナースステーションの目の前の四人部屋に入った。ここはナースなどスタッフの目が届きやすいため、重症患者や認知症で突然動き出したりする「要注意患者」が入れられる。この病院では「リカバリー室」と呼ぶが、病院によっては「回復室」「重症室」などと呼ばれている。

部屋の前では拓磨の父親が待っていた。隆治は軽く会釈をした。父親を見たのは病状の話をした日以来だった。あの日よりもさらに頰がこけて髭が濃くなっていた。

ベッドを定位置に入れ、隆治は拓磨を見た。酸素マスクをつけ、目をつぶっている。ぐったりはしているものの、穏やかな表情で冷や汗もない。時折手足を動かしていて、それが隆治を安心させた。

——もう大丈夫そうだな。

しばらく拓磨を見ていたい気もしたが、ナースが五人集まってモニターをつけたり着替えさせたりと慌ただしくしていたので、隆治はリカバリー室を出た。すると、

「先生っ！」

急に拓磨の父親に話しかけられた。

「はい？」

隆治はビクッとして、変な声になってしまった。

「拓磨は、どうなんでしょうか？」

隆治はとっさに考えた。

——病状の説明は原則、佐藤か岩井がやっている。自分一人で話していいのだろうか。

しかし、父親の目を見ていたら、何か言ってあげたくてしょうがなくなった。

「ええ、今朝口のチューブを抜きました。その後は状態が落ち着いていたので、一般病棟に戻ってきました」

——本当は「押し出し」もあったんだけどね……。

「そうですか」

父親は急に目をつぶり大きくため息をし、

「本当に安心しました、本当に本当にありがとうございました」

と、深々と頭を下げた。前と同じで、腰がほぼ直角に曲がるほど深かった。

——いや、そんな……俺は何もしてないし、まだ何があるかわからないのに……。

隆治は、

「いえいえ」

とあやふやな返事をして父親から離れようとした。

「先生、ちょっと今お話しできますでしょうか？」

——ヤバ。俺？

隆治はそう思いつつも、

「は、はい」

と答えた。

――困った……。上の先生なしで説明なんかできないのに……。

今は手術中で佐藤も岩井もいない。

「ええと、ではこちらの部屋へどうぞ」

仕方なく隆治は、上司の医師がやるように、説明用の個室に父親を先導した。部屋に入り椅子に座るなり、父親は話し始めた。

「先生、これから息子はどうなるんでしょうか」

その勢いに圧倒され、隆治は思わず少しのけぞった。

「どうなるか」

とりあえず反復しながら、隆治は返答を探した。

「手術が終わってから数日経って、やっと今日抜管できました」

「はい」

それで？　と父親の目が聞いている。

「で、これからはゆっくり回復するかもしれませんし、なかなかしないかもしれません」

　自分の言っていることがわからなくなりながらも、隆治は続けた。

「これから」

　間を取りつつ、必死に考える。

——ええと……どうなるんだこれから……。

「これまでも私は毎日病院に泊まっていました。これからも拓磨くんが元気になるまで、私は毎日泊まり込みます！」

——何を言ってるんだ俺は。まったく説明になっていない。しかも何を勝手に宣言してるんだ……。

　すると父親は、

「先生……私は先生が息子のところにしょっちゅう来てくれていたのを知っています。先生、お願いします！」

　と言うと、テーブルにひたいがぶつかる寸前まで頭を下げた。

「は、はい！」

——お父さん、ご存じだったのか。しかし、なんだか気まずい……。

　顔を上げると、父親は話し始めた。目は潤んでいた。

「実はうちの妻なのですが」

声は穏やかな調子に戻っていた。

「先生方はご存じと思いますが、足の骨折とむちうちがひどいようで、手術をしてからも痛みが強く、ベッドから離れられないでおります」

「はい」

隆治はそう答えつつ、内心驚いていた。

——え、そうだったんだ……しまった、まったくカルテをチェックしていなかった……。

「ですから、まだ息子に会わせてやれないもので……」

そう言って、下を向いた。

「恥ずかしながら自分は、あまり息子になつかれておらず……自分が看病してもきっと息子は喜ばないと思うんです……」

なんと返事していいかわからず、隆治は黙っていた。仕事が忙しくてあまり息子と一緒にいられなかったのだろうか。

「ですが、仕事はしばらく休みをもらいました。これからは、毎日息子と妻のところへ通います」

「わかりました、一緒に頑張りましょう」

隆治はそう言うと、

「詳しいことはまた上の先生からお話ししますので」

と付け加えて部屋を出た。父親は部屋を出る時にも、

「先生、ありがとうございます！　よろしくお願いいたします！」

と深く頭を下げたので、隆治はすっかり恐縮してしまった。逃げるようにして部屋を後にした。

——俺はなんにもしていないのに、こんなに頭を下げられても……。

そう思うと隆治は気まずかった。何よりその感謝の言葉をきちんと受け止められるくらいの仕事がまだできない自分が歯がゆかった。早く早く、一日も早く成長しなければ……。

Part 3　虫垂炎《アッペ》

夕方になると、西日が病院全体を照らした。窓から射し込んだ夕陽は、病室と白衣をオレンジ色に染め抜いた。

ピリリリリ　ピリリリリ

PHSが胸ポケットで鳴った。病棟でカルテを書いていた隆治はPHSを取り出して番号を見た。どこからの着信かわからない。

「はい、雨野です」

と応えると、

「先生、救急外来《きゅうがい》です。今日はよろしくお願いします。早速ですが、五時半になりました。患者さんが来ていますのでお願いします」

──しまった、今日は当直だった！

「あ、はいすぐ行きます！」

隆治は、その日が救急外来の当直であったことを完全に忘れていた。


救急外来は病院の一階にあった。階段を一段飛ばしで降りながら、隆治は少しずつ緊張を高めていた。救急外来に着くと、電話やモニターのアラームが鳴る中、看護師や医者がばたばたと歩いていた。患者たちは、茶色い長椅子に腰掛けていた。

「スタッフ用」と書かれたドアを開けると、救急外来の外来ブースの裏側に入ることができる。ブースはA、B、Cと三つあり、ブースの後ろは全て繋がっていた。
C、Bを通りすぎてブースAに行くと、先輩外科医の佐藤玲がいた。小柄な体を紺色の手術着と白衣に包み、長く黒々とした髪は後ろで一つに束ねていた。患者はおらず、佐藤は一人で椅子に座り電子カルテを睨んでいた。
「佐藤先生、よろしくお願いします」

隆治がおそるおそる声をかけると、佐藤は、

「ん。今日は雨野と当直だっけ？」

と切れ長の目を隆治に向けた。

「はい、よろしくお願いします！」

「うん。よろしく。今日は天気がいいから忙しくなるよ、覚悟しておいて。あ、夕メシあとで出前頼むから何カレー食べたいか決めといて」

「わかりました」

隆治には「天気がいいから忙しくなる」の意味がわからなかった。が、余計なことを聞くと怒られそうなのでやめておいた。

「じゃあ、とりあえず先生はブースBで歩いて来た患者《ウォークイン》をどんどん診ていって。で、救急車のファーストタッチは先生がやって。で、困ったら声かけて。検査とか処方とかする時も一応軽く報告ね」

「了解です」

隆治はさっとブースBに入り救急外来の椅子に座った。

「さてと……」電子カルテにIDとパスワードを入力し、ログインする。いつもとは違う、[救急外来]のタブを押すと[患者一覧]が展開される。すでに五、六人が受診を待っていた。とその時、

「雨野せーんせ、今日はよろしくお願いします」

聞き覚えのある声に驚き、振り返った。外科病棟の看護師の吉川だった。

「あれ、吉川さん。どうして救急外来《きゅうがい》に？」

「あら、いけない？　病棟にばかりいると腕がなまっちゃうから、たまにここ来てお手伝いしてるのよ。ここ、人足りないしね」

「そうだったんですね。僕当直なんで、よろしくお願いします。ご迷惑をおかけすると思いますけど」

「あら、そうなんだ？　こちらこそ、先生がいると楽しいわよ」

「ありがとうございます」

隆治は正直なところホッとした。まだ慣れない当直で、顔見知りの、しかも意地悪でないナースがいることでかなり動きやすくなる。

「先生、早速だけど一人患者さん診てね。初診の人よ、部屋に入れるわね」

「はい、お願いします」

「武田《たけだ》さーん、お入りください」

白髪交じりの女性が入ってきた。七〇を少し過ぎたところだろうか、不安そうな表情だ。大きなボストンバッグを二つも抱えている。なんか変だな。

隆治は椅子から立ち上がると、

「こんにちは、おかけください」

と椅子を勧めた。

「ええと、武田さんですね？　今日は」

どうされました、と隆治が尋ねる間もなく話し出した。

「風邪ひいちゃったみたいで、お薬が欲しいんですよ。どうもここのところ忙しくて風邪ひいちゃったみたいで」

隆治は吉川の手書きメモ「BT 36.4」（BTは体温の意味）をちらと見た。

「風邪ですか。熱はないみたいですね。どんな症状がありますか？」

「症状っていうほどのもんじゃないんだけどねえ」

「はい、ではのどの痛みはありますか？　咳や鼻水は？」

「ええとねえ、のどは痛くないんです。咳も鼻水もありませんねえ」

「そうですか、では体の節々は痛みます？」

「いや、それも大丈夫ですねえ」

「そうですか、ではどんな症状がありますか？」

「いや、特にこれといってないんだけどねえ」

——なんなんだ、いったい……症状は何もなし？

「そうですか、わかりました。頭が痛いとか息が苦しいとか、背中やお腹が痛いとか、何かありますか？」

「いえ、それも大丈夫ですねえ」

困った隆治は「では診察しますね」と言って目やのどを診察した。見たところどこも異常はない。胸の音を聴診器で聞いたが、悪そうな様子はない。

「武田さん。今診察してみたところ、特にどこも問題ないようです」

すると、その患者は、

「そうですか、じゃあ薬だけもらえますかね。どうも」

とだけ言って、返事を待たずに診察室から出て行ってしまった。

隆治はあっけに取られていた。カルテに何か書こうにも、そして薬を処方しようにも何も思い浮かばない。何せなんの症状もないのだ。

「クク……」

気づいたら後ろで吉川が笑いを嚙み殺している。隆治は困り顔で、

「吉川さん、どうすればいいんですか、こんな時は」

と尋ねた。

吉川はおかしくてしょうがないといった顔をしながら、

「先生、いいのよ薬なんて出さなくて。だってどこも悪くないんでしょう？　私、説明しとくわよ」

「そうなんです」

隆治は仕方なくカルテに「異常所見なし　処方なし」と書いて「保存」をクリックした。

「ま、いいか」

しかしなんだったんだあの人は。そう思っていた隆治の顔を見て吉川が言う。

「先生、救急外《きゅうがい》来に来る人ってあんな人も結構多いのよ、コンビニ受診ならまだマシよ、何か求めて来るんだから」

コンビニ受診。夜間や休日の救急外来を、まるでコンビニに行くような気軽さで受診する人のことだ。時間外の救急患者のための窓口に、「昼は混んでるから」などという理由で受診する人は救急医療の崩壊を招く一因になる、と医学生のころ救急科の実習で聞いたのを隆治は思い出した。

「そんなもんなんですかね。うーん、難しい」

すると、他のナースが来て、

「先生、救急車、一〇分後来ます。腹痛の中年男性――」

と大きな声で言った。

「わかりました」

隆治は体が硬くなるのを感じた。救急車。しかもまずは一人で対応するのだ。これまで学んだ中で、腹痛をきたす疾患はどれほどあるだろう。一〇、いや二〇くらいか。しかしまず命に関わるものを考えねば。考えれば考えるほど、体が硬くなった。ああ、こんなことなら研修医用のマニュアルを持ってくればよかった。

やがて遠くから救急車の音が聞こえ出した。

ピーポーピーポー

医者になってから、いや医学生の時から何度も聞いたこの音が、今夜は違って聞こえるのはなぜだろう。そう考えている間にも、少しずつ音が近づいてくる。

「せんせ、大丈夫？」

吉川が心配そうに声をかける。

「もう疲れたの？」

「あ、すみません」

「救急車、受けられる？　佐藤先生に代わってもらおうか？」

「いえ、違うんです、大丈夫です。ちょっと緊張しちゃって」

隆治は大きく息を吐き、肩の力を抜いた。

「すみません、治りました」

「大変だねえ、先生たぶん過労なんだよ。昨日も夜中まで働いてたんでしょう？」

「ええ、でも研修医ですから」

隆治は真面目に答えた。吉川は、

「先生のそういうところ、いいと思うよ」

と言って少し笑った。

救急車のサイレンはかなり近くなっていた。もうすぐ着くな、というところでサイレンがぴたっと止まる。通常、救急車は病院の近くまで来ると騒音対策のためサイレンを消す。

「来たわね」

救急外来の奥には、救急車から直接患者がストレッチャーごと入れる大きなドアがある。そのドアは建物の外に直接通じている。隆治と吉川は救急車を出迎えるために、大きな自動ドアを開け外に出た。柔らかい風が吹いて、涼しい空気が救急外来に入った。この下町に高いビルはあまりなく、日没は過ぎていたが遠くの空はまだ赤らんでいた。

風を頬で感じながら、隆治には一瞬これが現実とは思えなかった。白衣を着た自分が病院の救急外来に立っていて、ナースとともに救急車を出迎える。長年夢にまで見ていた光景。ドラマでしか見たことがなかった光景の中に自分が立っている。登場人物の一人として。もう長く連絡していないが、遠く離れた九州の実家に、この写真を撮って送りたい気がした。

救急車が滑り込むと、救急隊員が勢いよく助手席から降りてきた。そして大声で「お世話になります！」と言いながら、後ろのドアを開けた。

車内からはもう一人若い救急隊員が、「痛い痛い！」と叫ぶ大きな男性を乗せたストレッチャーとともに降りてきた。

「イチ、ニイ、サン」

掛け声を出しながら救急隊員たちは素早くストレッチャーを降ろし、さっきまで隆治のいたブースとは別の広いスペースに患者を運び込んだ。

「イテテテ！」

運転席からも一人隊員が降りてきた。隊長といった風貌の、よく日に焼けた中年の男性隊員だ。

「お世話になります。先生、ご報告よろしいですか?」

父親ほどの年齢の男性に「先生」と言われ隆治は戸惑った。

「お願いします」

ストレッチャーは救急外来の中に入って行った。追いかけるように歩きながら、男性隊員は話し出した。

「了解。患者は五二歳男性、自宅で夕食後に腹痛を訴え家族が救急要請。現着《げんちゃく》時意識は清明、生命徴候《バイタルサイン》は血圧170/90、心拍数は110、体温36度5分、酸素飽和度《サチュレーション》は室内気《ルームエアー》で96%。特に既往症や内服薬はありません」

――170だって? 血圧がずいぶん高いな……。

「我々が到着し接触した時には腹痛でアイタタタと転げ回っておられ、冷や汗もかいておりました。このようなことは初めてだということです」

「わかりました」

「ご家族は奥さんと娘さんが来ています。よろしくお願いいたします」

手際のいい報告を終えると、その年配の隊員はさっと頭を下げた。隆治はどうにも気

まずく、

「ありがとうございます」

と頭を下げ返した。

「先生、ここにサインを」

救急隊員がねずみ色のボードに載せた紙を差し出してくる。

——たしかこれ、軽症とか選んで自分の名前をサインするやつだよな……。

隆治は学生のころ一度、見たことがあった。その時は医者側ではなく、救急隊員に二十四時間つきっきりで同行して現場にもついて行くという実習だったのだが。

書類には「軽症　中等症　重症」とあり、この患者がどれに当てはまるかなどまったくわからない。迷ったあげく、痛そうにしているからという理由で「重症」に丸をつけた。そして「医師」の欄に慣れぬ自分のサインもした。「雨野隆治」

救急外来の中から「痛いよ、なんとかしてくれよ！」という声が聞こえ、隆治は駆け寄った。すでに吉川たち数人のナースによってモニターや血圧計がつけられている。

「ええと」

隆治は声をかけようとしたが名前がわからなかった。

「タキミさんよ」

吉川がすぐにフォローして教えてくれる。

「え？　焚《た》き火《び》さん？」

「いいえ、タキミさん！」

吉川は声を張った。

──変わった名前だな……。

「えと、タキミさん。わかりますか？」

声をかけた。大きな体に大きなお腹をしており、救急外来の台から落ちそうであった。

「わかるもわからねえもねえよ、痛いんだよ！」

「すみません。どこが痛いんですか？」

「わからねえよ、腹とか腰とかだよ！」

「いつからですか？」

「わからねえよ、さっきからだよさっきから！　アイタタタ……」

そう言うとタキミは狭い台の上で横を向いてしまった。

──痛みが強くて問診にならない……これじゃ何もわからないな。

吉川に「バイタルは？」と聞くと、メモをさっと渡された。

[BP 180/100 HR 103 BT 36.4℃ SpO_2 97%]

BP、つまり血圧が高い。これは痛いから高いのか、別の原因があるのか……それでもやはり話を聞かなければわからない。

「タキミさん、すみません、もう少し詳しくお話を聞かせてもらえませんか」

タキミはイテテ、と言いながらも「いいよ！」と応じた。

「いつから痛んだんですか？　夕ご飯の後ですか？」

「そうだよ、夕メシの……三〇分後くらいかな？」

「一番痛いのはどこですか？　指を差せそうですか？」

「ああ、イテテ……この辺、かな？」

そう言ってタキミは左の脇腹を指差した。

「タキミさん、すみません。ちょっと仰向けになってもらえますか？　お腹を診察したいので」

「わかったよ、ちょっと待って、自分で動くから。イテテ……」

そう言うと大きなお腹をゆすり、仰向けになった。

お腹は大きすぎて張っているのかもともとなのかが全然わからない。きっと一〇〇キロ以上はあるだろう。

痛いのはお腹だが、頭から順番に見て触っていく。目に黄疸や貧血がないか。口の中が乾燥していないか。首にある甲状腺やリンパ節は腫れていないか。特に異常はない。ポケットから聴診器を取り出して胸の音を聴いたが、ほとんど何も聞こえなかった。隆治がまだ聴き慣れていないのに加え、肥満者は胸の壁が厚く呼吸や心臓の音が伝わりにくいから聞こえないのだ。

——全然聞こえないな……ま、いいか。痛いのは腹だしな。

隆治は服がめくれてすでに出ているお腹を見た。毛深くて、太鼓のようにパンパンに張ったお腹だ。ここまで太った人を見たのは初めてであった。

——ええと、どういう順番で診察するんだっけな。確か「視聴打触《しちょうだしょく》」(お腹の診察をする時の基本的な順番)だったから……。

「視」つまり視診はお腹を見ることで、これは終わっている。次にすべきことは「聴」に当たる聴診だった。

「すみません、お腹の音を聴きますよ」

そう言って聴診器をお腹に当てた。すると、ギュギュ、ゴゴゴと音が聞こえた。

——よくわからないな……ま、いいか。次は打診だ。できるかな?

「タキミさん、次はお腹をポンポンしますので」

「いいよ、でも痛くないようにな！」

左手の中指の関節をタキミの腹に押し付け、右手の中指をハンマーのようにしてトントンと叩く。トントン、トントン……お腹を八カ所ほど叩いたが、あまり上手でないこともあってどんな意味の音なのか隆治にはわからなかった。

「痛いところはないですか？」

「いやだからいてえって！」

不毛なやりとりしかできない。次に触診することにした。

「そしたらねタキミさん、次は触りますよ」

毛がもじゃもじゃのおじさんの、太鼓腹である。ちょっと素手で触るのはためらわれたが、手袋をはめるのは面倒だったので素手で触った。まず「心窩部《しんかぶ》」と呼ばれるみぞおちのところ。そして左右、下腹部もぐいぐいと触ったが、タキミの腹はぽよぽよと柔らかく、どこを押しても痛がらなかった。隆治はなんだか実家にあったクッションを押しているような気がした。しかし相変わらずタキミは「イテテ……」と言っている。

病院に到着した時と比べると少しマシになったかもしれない。隆治はそう思いたかったが、残念ながら同じくらい痛い痛いと言っていた。

「先生もう勘弁してくれよ、いてえよ。なんとかしてくれ早く！」

タキミが大声を出した。

「すみません」

そう言ったものの、何をどうすればよいのかまったくわからない。

――初めに腹が痛いと言っていた。しかし押してもどこも痛くない。……待てよ、そういえば「腹とか腰とかが痛い」と言っていたような……。

「タキミさん、腰が痛いんですか?」

「そうだよ、さっきから言ってるじゃねえか!」

「すみません、腰のどのあたりですか?」

「後ろの左っ側だよ!　イテテ……」

そう言うとまたタキミはイテテテ……と続けた。脂汗をかいている。早くなんとかしなければ。


――なんと……腰だったとは。救急外来のナースが「腹痛患者が来る」と言い、救急隊員も「主訴は腹痛」と言った。だから俺は腹痛と決めつけてしまっていたのか。痛みが強くてロクに話も聞けないことを言い訳に。

しかし、腰が痛いと言われても隆治にはさっぱりわからなかった。思いつく病気は「大動脈解離《かいり》」という大動脈が裂けてしまう病気だけだ。もしもこれだったら、命に関わる。

——もう全然わからないからひとまず点滴をつなぎ、採血やCT検査をしよう。

声をかけようと振り向くと、吉川がいなくなっているのに気づいた。他の患者の対応をしているのだろうか。困りつつも、ひとまず誰かナースに声をかけねばと思い、ナースを探した。先ほどまで自分がいたブースの方に行くと、吉川がいた。

「吉川さんすみません、ちょっとあちらの……」

「先生ごめん、ちょっと手が離せないから他のナースに言って！」

と行ってしまった。どうやらもう一台救急車が来ているようだった。

——まずい……他のナース誰もわからない……。

仕方なくもう一度タキミのいるところに戻ると、別のナースがいた。よかった。年配のナースだ。

「すみません、この方に点滴と採血をお願いします！」

「あ、ごめんね私違うのよ」

そう言うナースの名札がちらりと見えた。「看護長」とあった。看護長とはその部署で一番偉いナースだ。研修医は普通話すことはほとんどない。看護長も行ってしまった。

——違うってなんだ……手伝ってくれてもいいのに……困った……ナースがいなければ点滴もできない。

隆治は仕方なく自分で点滴を探して準備することにした。点滴のバッグと中を液体が通るライン、その延長のためのライン、そして点滴の針に固定するテープ。いつも準備はナースにお願いしているため、場所がさっぱりわからなかった。古びた救急外来の棚を一つ一つ開けて探し出す。向こうではタキミがうんうん唸っている。隆治は焦った。いつの間にか汗だくになり、顔からポタポタと床に垂れていた。

——どこだ、どこにある……。

棚には見たこともないいろいろなチューブや箱が置いてあった。「トロッカーカテーテル」「チーマンカテーテル」「アスピレーションキット」「縫合セット」……それらは医師やナースにとっては常識的なものばかりだったが、まだ医者になって半年にもならない彼にとって、慣れないものばかりだった。

「先生、どうしたの？　ごめんね、何探してるの？」

吉川がいつの間にか戻ってきていた。

「すみません、点滴と採血がしたくて探していたんですが！」

と大きな声を出してしまった。

「私やっとくから、先生電子カルテにオーダー入れてくれる？　点滴は何を使うの？」

「ええと……」

隆治は戸惑った。この患者に何を使えばいいのか。見当もつかなかった。

「……じゃあ、とりあえずカリフリーの細胞外液でいいよね？　腎機能もまだわからないし」

「は、はい！　それでお願いします！」

「じゃあソクミチルFでオーダーしておいてね」

「わかりました」

——これではどちらが医者かわからないな。

「採血もオーダーしたのでよろしくお願いします」

男性が食後に左の腰を痛める病気なんてあっただろうか。何か見落としていないか。どうすれば、至るところに開いた真っ暗な死の穴に彼を落とさずに済むのか。

「救急外来とは診断や治療をするところではない。致死的な疾患を除外するための場所だ」

かつて医学生のころ見学に行った病院で、若い救急医が言った言葉を思い出した。

「おい、いてえよ。痛み止めくれよ早く！　もう救急車呼ぶぞ！」

唸っていたタキミが再び大声をあげた。

「タキミさん、もうちょっとだからね、今先生が考えてくれてるからね」

吉川が優しくいなす。まずい、早くなんとかしなければ。

「じゃあとりあえずCTを……」

そう隆治が言った時、佐藤が寄ってきた。

「あのさ、声、こっちまで聞こえてるんだけど。状況教えて」

白衣をはおらず、紺色の上下の道着のような格好。つかつかと歩く佐藤の迫力に隆治は思わず身震いしたが、ありがたくもあった。

――助かった……。

「はい、すみません。この男性なのですが、夕食後に腹痛がありまして、救急搬送されました。痛みがかなり強いのですが、腹痛ではなく左腰部痛《ひだりようぶつう》であることがわかりました。いまルートを取って採血をしたのでこれからCTに行こうかと思っていたところです」

「は？　鎮痛は何かしたの？」

「あ、いえ、原因がわかるまではと……」

「何馬鹿なこと言ってるの！　先生の出た大学じゃそんなことやってるの？」

佐藤は怒鳴った。

「吉川さん、腎機能は？　アレルギーは？　大丈夫ね、じゃあボルサポ（痛み止めの座薬）入れて」

佐藤は隆治にぐっと顔を近づけた。身長差は一五センチほどあったが、それでも凄い迫力であった。

「あのさ、救急車来てから何分経ってるの。わかんなかったらすぐ呼びなさい！」

「は、はい、すみません」

「ちょっと見てて」

そう言うと、佐藤はタキミのそばに寄り、

「これまでにこんな痛みはあったか」

「酒はどれくらい飲むか」

「これまでに心臓の病気はやったことがあるか、目の病気はあるか」

などの問診をし、腰の痛い部分を触った。隆治には佐藤がかなり簡単そうにタキミと会話をしているのが驚きであった。

「血圧、左右の手で測っといて」

そう吉川に指示をすると、今度は隆治に、

「腹部レントゲン、ポータブルで大至急呼んで！　CTはその後ね。それから超音波《エコー》持ってきて」

と指示した。

隆治が大きな超音波《エコー》の機械を押して持ってくると、佐藤が超音波の探査子《プローベ》をタキミの腰に当てる。そして画面を指差し、「ここ輝度《きど》高いだろ」などとレクチャーをした。隆治は「はい、はい」と言いつつも、なぜ超音波検査をやっているのかわからなかった。

やがて放射線技師がポータブル撮影用の大きな機械を押してくると、その場で一枚レントゲンを撮り、すぐにノートパソコンで見せてくれた。佐藤はそれを見るなり「ほら」と指を差した。

「吉川さん、ブスコパン一筒、静脈注射《IV》。あと尿検査追加ね」

と指示を出した。すぐに吉川が点滴の管からブスコパンと呼ばれる薬を注入すると、一分ほどでタキミの唸り声が止まった。

佐藤がタキミに、

「痛みはよくなりましたか？」

と尋ねると、タキミは笑顔で、

「はい、よくなりました！　先生ありがとうございます！　いやあ、すごいな！」

と言った。

隆治は何が何だかさっぱりわからなかった。

「雨野、一応単純でCT撮っといて」

「はい、ありがとうございました！」

「それから、出前頼んでないよな。ココイチで、ビーフカレー納豆チーズトッピング、5辛で私の分頼んどいて。届いたら電話して」

それだけ小声で言うと、すたすたとまたブースの方に歩いて行った。

「はい、わかりました！」

敬礼したいくらいの気持ちだった。

――しかし、いったい何だったんだろう？

そう思いながら、電子カルテでタキミのカルテを開いた。するともうすでに佐藤がカルテを書いていた。

「52歳男性　左腰部の激痛　過去に繰り返す同様のエピソードあり。血圧左右差なし。エコーで左腎盂に結石多数、腹部単純レントゲンで尿管結石を認める。ボルサポとブスコパンで疼痛《とうつう》改善、単純を追加。今後再発の可能性あり」

──あ、この人、尿管結石だったのか……。

正直なところ、まったく思いつきもしていなかった。電子カルテを見つめながら呆然としていた。医師としての能力は、佐藤とあまりに差がある。情けないという気持ちさえ起こらなかった。自分は何も知らないし、何もできない。

隆治はしばらくカルテの画面を見ていた。歯を食いしばったが、それでも目が潤んでくるのがわかり、さらに強く歯を食いしばった。見えづらい中CT検査を電子カルテでオーダーすると、放射線科の当直医にCTをお願いする電話をかけた。

「先生、CT行ってくるわね、ココイチ忘れちゃダメよ」

そう吉川が声をかけてくれ、ハッと我に返った。

そうだ、出前の電話もしなければ。

＊

その晩、二人が夕食にありつけたのは二三時を過ぎたころだった。タキミが上機嫌で帰った後にも、風邪や頭痛などの軽症患者が来続けていたのだ。ちょうど患者が途切れ

たタイミングに、二人はナース休憩室で冷めてしまったカレー弁当を開けた。隆治がレンジで温めようとすると、

「先生さ、いつまた救急車来るかわかんないんだよ。さっさと食べな」

と言われ、仕方なく冷たいカレーを食べた。

狭い休憩室には小さいテーブルを挟んで二つの二人掛けソファが置いてある。佐藤が何か話し出してくれるのを待ちながら食べたが、佐藤は黙っていたので隆治も黙って食べた。

壁には「看護師の労働時間は長すぎる！」などのビラに加え、「弾性ストッキング集団購入のお知らせ」（看護師は立ち仕事で足がむくむため、弾性ストッキングをはいて仕事をする人が多い）や「今月のシフト表」などが雑然と貼ってあった。

部屋の隅には、年代物の赤い小さなテレビがあり、ニュースをやっていた。宇宙開発における日本の存在意義や、仮想通貨の経済規模について、男性キャスターは深刻な顔で話した。それら全ては、隆治にとって遠い世界の出来事のように思えたし、事実遠い世界の出来事だった。

この東京の下町の病院で、風邪や頭痛患者に薬を出す。尿管結石で痛み悶《もだ》える患者には、鎮痛剤《クスリ》を肛門に入れる指示を出す。拓磨の治療を頑張る。それが隆治の世界の全て

だった。世界経済も核開発も毎夏の水害も、隆治の世界には起こってはいなかった。

「な、さっきの人」

カレーを食べ終わった佐藤が、汚いソファで足を組んだ。

「典型的《ティピカル》なんだよすっごく」

隆治はいきなり言われたティピカルという音から「典型」と連想できなかった。意味がわからず、黙ったまま佐藤の目を見た。次の言葉を待った。

「中年男性、夜、激痛、既往あり。こういう場合は多くが結石。もちろん大動脈解離《ダイセクション》とかの除外診断《ルールアウト》は必要だけどね」

隆治は、ダイセクションはかろうじてわかったがルールアウトの意味がわからず、かといって質問しても怒られそうなので「はい」とだけ言った。

「ま、何人か見りゃわかるよ。外科医のいいところは手術《オペ》で尿管とか直接見られるから、あんな細い管に石が詰まっちゃったらそりゃ痛いよなってわかるとこ」

隆治はもちろん尿管を見たことはない。

「ああ、先生はまだ見たことないか。蠕動《ぜんどう》しててさ、感動するよ、初めて見る時は」

「そうなんですね！」

言われてもわからない。仕方なく「見た時には感動することにします」というような目の輝かせ方をした。

佐藤が黙ってしまうと、再び部屋は静かになった。テレビの男性キャスターは相変わらず同じ調子で、中東各国の石油政策について疑義を表明していた。

佐藤の目の前にいて、隆治は気が抜けなかった。空気が詰まっていて、早く逃れたかった。トイレに行こうかとも思ったが、それも失礼な気がした。佐藤は何を考えているんだろう。まっすぐ隆治の方を見たり、壁の変なビラを読んだりしている。

ちらと佐藤を見ると、ネックレスをしていることに気づいた。真ん中に小さなピンクの石がついている、細い金色のチェーンのものだ。あれは自分で買ったのか、それとも誰かにもらったのだろうか。以前、何かの飲み会で、酔った外科医が佐藤は結婚もしていないし恋人もいないと言っていた。年齢こそ少し上だがなかなかの美人だし、恋とまったく無縁というわけではないだろう。あ、気が強すぎるのかな……そんなことを考えていると、看護師の吉川が来た。

「先生たち休憩中にごめんね。今直来《チョクライ》が来ちゃって」

「いいよ、ちょうど食べ終わったところ。何？」

――チョクライってなんだろう。

「一四歳の女の子、右下腹部痛だって。お母さんと」

「了解。救急外来《きゆうがい》来る前に電話くらいしろって、お母さんに言っといて。ったく、コンビニじゃないんだから」

佐藤はそう言うと、隆治を見た。おそらくこれは「行って診察してこい」という意味だろう。

「行ってきます」

「あ」

佐藤が何か言いかけた。

「はい？」

隆治が振り返ると、

「口の周りカレーついてるから」

と言ってちょっと笑った。

＊

隆治がブースBに行くと、すでに母親と娘が座っていた。娘の方は明らかにお腹を痛そうにして座っていた。

「すみません、お待たせしました。今日はどうされました？」

「ええ、なんだかこの子、三時間前くらいから急にお腹が痛いって言い出して」

母親が答えた。母親はこの夜中にしては違和感があるくらいきちんとした格好で、化粧もちゃんとしていた。

「ちょっと家で様子見てたんですが、どんどん痛くなってくるようなので連れてきました。夜遅くに申し訳ありません」

そう言って頭を下げる。

「あ、いえ、お気になさらず。ええと、お名前は、絢《あや》さんですね。いつから痛みが出ました？」

「夕ご飯の後、八時くらいです」続けて本人が答えた。

「どこが痛いんですか？」

「最初は真ん中あたりだったんですけど、今は右下のあたりです」

「吐き気はありました？」

「最初にちょっとだけ」

「これまでにこんな痛くなったことはありますか？　初めてですか？」

「初めてです」

うつむきながらもきちんと受け答えをする彼女に、隆治は感心していた。自分が一四歳のころはこんな風に話せなかっただろう。

それからいくつかの質問をし、最後に診察台に横にならせた。吉川が手を添えて移動させるが、お腹は抱えたままだ。かなり痛みが強いのだろう。

「じゃあちょっとお腹の診察をします」

そう言うと、吉川が、

「診察になりますので、診察室の前で椅子にかけてお待ちください」

と言って母親を部屋から出した。そして顔をしかめる少女のトレーナーのような服を上にまくり上げ、黒いスカートとピンク色の下着を一緒に少し下げた。すると、少女の痩せた腹が露出した。

——綺麗なお腹だ……。

毎日見ているのは高齢者のお腹ばかりで、若い女性の診察はまずなかった。絢の腹には余計な脂肪は一切ついていない。腹直筋の盛り上がりがあり、その間の真ん中は一筋へこんでいて、真ん中に縦長の臍《へそ》を置いていた。白すぎない皮膚には金色の産毛があり、外来室のライトできらりと光った。臍から下がる一筋のラインが、下腹部の真ん中に描かれていた。確か医学部の時に、人間の体が発生する段階でそういう線ができると習った。

「聴診器が当たるので、少し冷たいですよ」

そう言いながら、自分の左手で聴診器の先を包み温めた。医学生のころ、小児科医が子どもの診察の際にやっているのを見て、それ以来真似しているのだ。

絢の腹に聴診器を当てると、音を聞いた。何も聞こえなかった。簡単に二、三カ所トントンと打診をした。右下のあたりで顔をしかめた。

「では今度はお腹を触っていきますので」

そう言うと、今度は絢の腹を触り始めた。みぞおちから始め、左上、左の下腹部と触っていく。触りながら、二センチほどお腹が沈むようにぐぐっと押していく。

「痛いところがあったら言ってくださいね」

初めは痛くないところから、そして徐々に痛いところへ。教科書通りの触り方をしていった。

「いたっ！」

絢が顔をしかめた。ちょうど臍から五センチくらい右下のところだった。

「すみません、痛かったですね」

そう一四歳の少女に謝罪しながら、

——教科書通りだ、これはもしや虫垂炎《アッペ》かな……。

だとすると、手術になるかもしれない。

「吉川さん、レントゲンと採血をお願いします。超音波《エコー》も当ててから、多分CTも撮る、かも」

「わかりました。点滴はいい？」

「あ、やっといてください」

隆治は、救急外来の端にある超音波検査の大きな機械をごろごろと押して持ってきた。

そして絢のお腹に当てた。が、隆治の技術ではまだ何が何だかわからない。痛みがある右下腹部は、痛いと言われそうで超音波を当てることができなかった。そうしているうちに採血検査の結果が出た。想像通り白血球とCRP値が高い。これは、体のどこかに炎症が起きていることを意味する。

少女のお腹にタオルをかけると、隆治は佐藤にPHSで電話をかけた。

ピリリリリ　ピリリリリ
「はい」

まだあのナース休憩室にいるようだった。穏やかな声だ。

「先生、雨野です。今よろしいでしょうか」

「ん」

「先生、さっき来た一四歳の女性ですが、虫垂炎《アッペ》を疑っています」

「根拠は？」

　佐藤の声は鋭い。

「まず右下腹部に痛みがあります。はじめは臍のあたりが痛かったのですが、移動しています。次に採血検査上、炎症所見が上昇しています」

「超音波《エコー》当てた？」

「はい、当てたのですが、ちょっとはっきりわかりませんでした」

「痛み強いの？」

「はい、歩くのがやっとくらいです」

「で、どうするの？」

「え……」

　どうするのって言われても俺もわからないよ……。しかしこれは治療方針などをどれだけ主体的に考えているか聞いているんだろうと思い、

「念のためCTを撮りたいです。そして抗生剤を始めます」

「違う違う、そんなんじゃなくてさ。先生、内科医か？　急性腹症《きゅうせいふくしょう》ならまだ考えることあるだろ」

佐藤が厳しい口調で言う。

「ガイニンは？」

「え？　すみません」

「ガイニンはって言ってるの」

佐藤は明らかに電話口の向こうでイライラしている。

——まずい、ガイニンってなんだろう……。

「すみません、ガイニンってなんでしょうか」

しばらく無言になった。きっとうんざりしているのだろう、そんな気配を感じる。

「ちょっと待ってて」

と言い終わるか終わらないかのうちに電話が切れた。外科医とはせっかちな生き物である。電話が切れて一五秒くらいで佐藤は救急外来に現れた。おそらく電話しながらこちらに向かっていたのだろう。

「患者どこ」

「こちらです」

「超音波《エコー》ある？」

「はい」

短いやりとりをし、佐藤が絢のところに来た。

「こんばんは、外科の佐藤です。ちょっと私にもお話聞かせてもらえますか？」

そう挨拶すると、ベッドに横になったままの絢と話し始めた。

「……それで、お母さんが今いないから正直に教えて欲しいんだけど」

そう前置きをし、佐藤は絢に顔を近づけて言った。

「今、妊娠している可能性って、ある？」

佐藤は丁寧にひとことひとことと言った。絢はしばらく黙っていたが、小さい声で「はい」と答えた。

隆治は衝撃を受けた、そして先ほど電話で言われた「ガイニン」の意味を初めて理解した。ガイニンとは「子宮外妊娠《しきゅうがいにんしん》」という病名を略して言う言葉「外妊」で、妊娠可能性のある（つまり月経のある）年齢の女性の腹痛では必ず考えなければならない病気だ。子宮の外、しかも多くは卵管というごく細い管で胎児が育ってしまうため、その大きさで狭い場所を破壊して大出血し、時に死に至る大変危険な病気である。絶対に見逃してはいけない疾患の一つであり、隆治はそれを医学生の時嫌というほど勉強していたのだった。

絢の診察をする時、隆治はこの疾患の存在を完全に忘れていた。それを佐藤は電話で「子宮外妊娠はチェックしたのか」と聞いていたのであった。

子宮外妊娠の可能性を調べる時には、まず問診、つまり本人に直接「今妊娠している可能性がありますか」と尋ねる必要がある。つまり、性行為の有無、そして避妊の有無を直接本人に聞かねばならないのである。基本的に生理があるだろう年齢の女性なら誰でも聞かなければならない。若くても、そうでなくてもだ。

しかし隆治にはどこをどう見ても、この少女がそんな風には見えなかった。

――これが、東京ということなのか……。

「ごめんね、嫌なこと聞くけどね、それって最近？」

佐藤が真剣な顔で聞いている。

「はい」

「その時ってコンドームとかしたのかな？」

「いえ」

「そっか。教えてくれてありがとう。今あなたのお腹が痛い原因をいろいろ調べているんだけど、実は妊娠に関係した病気の可能性があるの。だから、妊娠しているかどうかをおしっこの検査で調べさせて欲しいの。いいですね？」

いいですね？　に力を込めて佐藤は言った。

「はい」

聞こえるか聞こえないかくらいの声で、絢は返事をした。

そしたらね、先にお腹をもう一度触って超音波検査をするからね。そう佐藤は言うと、手際良く絢の腹部を触っていった。そして最後に臍の右下をぐっと押した時、やはり「いたっ」と絢は言った。しかし佐藤は手を緩めず、さらに強く押し込んだ。

「痛いっ」

絢は顔をしかめ、手で払いのけようとする。

「ごめんね、この今の痛みと」

そう言うとパッと手を離した。

「離した時とどっちが痛い？」

手を離された絢はしかめた顔が元に戻っていて、

「押した時です」

と言った。佐藤はちらっと隆治を見た。佐藤は超音波の探査子《プローベ》を持ち、

「ごめんねちょっと冷たいよ」

絢の腹にゼリーをつけて超音波《エコー》を当て始めた。そして古いモニター画面を見ながら隆治に説明した。

「ほら、腹部の一番外側《がいそく》にある管腔《かんくう》が上行結腸だろ。それを追って一番下に行くと盲腸があって」

そう言いながら、探査子《プローベ》を一番痛いところに当てた。

「ほら、あった」

そう言って佐藤が画面に指を差した。白くきらきらとしたソーセージのような袋があり、まるで彗星のような、黒い尾の影を持つものがあった。これが石だった。

「これが虫垂《アッペ》、これが糞石《ふんせき》」

そう言われて隆治はうなずいたものの、あまりわからなかった。しかし絢が痛いところをぐりぐりされ、可哀想《アサイティス》で早くやめて欲しかったので、わかったふりをした。

「ま、虫垂炎《アッペ》だな。腹水も少しある」

そう言うと探査子《プローベ》を隆治に渡し、

「もう一回当ててみな」

と言って後ろに立った。

——痛そうなのに、当てなきゃならないのか……。

「ええと……、これ、ですか？」

「そう」

「で、これが石でしょうか」

「そうだ」

　隆治は集中した。最短の時間とルートで虫垂を発見した。

　佐藤が大きな声で「吉川さん、終わり」と言うと吉川はどこからかすぐに入ってきて、

「お疲れさまでした。ごめんね、痛かったね」

　と言って温かいタオルで腹を拭いた。

「じゃあとはニンハン、あ、妊娠反応を尿でチェックして陰性を確認後、レントゲンとCTね。ルート取って血液培養《ケッバイ》二セット取ったら抗生剤落としといて。それで母親に多分虫垂炎《アッペ》ですって話しといて」

「わかりました」

　三〇分後。

CTを見た佐藤からPHSに連絡が来た。

「やっぱり虫垂炎《アッペ》だな。ちょっと手術室《オペ》に手術《オペ》できるか聞いたんだけど、今緊急で心臓《ヘルツ》のでかい手術《オペ》をやってて朝まではスタッフの手が空かないんだって。だから明日の朝イチで手術《オペ》やろう。ベッド決めといたから緊急入院ですって話しといて」

隆治が本人と母親へ説明して少女を病棟に上げてしまうと、再び救急外来は静かになった。

隆治は、救急外来の救急車が入ってくる大きな自動ドアを開けた。真夜中だというのに夏の夜はまだ蒸し暑く、濃い闇はこの下町を眠らせていた。隆治はドアから一歩外に出た。暑かったので白衣を脱ぎ、両手を上げて大きく伸びをした。隆治は大きな声を出したい気分になった。

俺は今医者をやっている。紛れもなくこの真夜中の街を、働き疲れて倒れるように眠る大人たちを、無垢に眠れる子どもたちを俺は守っている。守れているかわからないけど。まだ何もできないし知識もないけれど、もっともっと勉強して修業してやる。どんなに苦しくても構わない。佐藤先生に負けないような、それでいてもっと優しい医者になってやる——。

＊

結局隆治がその夜に眠れたのは、四時から六時の間だけだった。虫垂炎《アッペ》の少女が入院した後もカルテをまとめて書いたりしていたからだ。わずかな睡眠中にも何度か電話が来て起こされたので、六時に起きた時、眠くて仕方がなかった。当直が終わるのは八時半だが、その前に隆治には採血という仕事がある。なんとか起きてシャワーを浴びると、白衣を再び着て病棟に行った。

夏の朝は早い。陽はとっくに昇り、病院には朝の太陽が降り注ぎ、窓から白紙のような希望を各病室に届けていた。光に包まれた廊下を、真っ白な白衣で歩いていると、それだけで隆治は頑張れそうな気がした。シャワーのせいで髪はびしょびしょに濡れたままだったが、隆治は気にならなかった。

病棟に来ると、夜勤のナースが忙しそうに歩き回っている。六時の検温の時間だ。何も一人一人回らなくても、データだけ中央のコンピューターに飛ばせる体温計を患者に渡し、自分で測定してもらうようにすればいい。もしくは各部屋に端末をつけて自分で体温や血圧、食事量を測定し入力してもらえばいい。そんなことを考えつつ、ナースが準備してくれていた採血カートをごろごろと押し、採血に回る。

患者に声をかけ、腕を取り、駆血帯で縛って血管を探し、消毒したら針を刺す。一連の動作はいいかげん体に染み込んだ。が、やはりあまり寝ていないせいだろうか、駆血帯で腕を縛り忘れたまま血管を探したり（通常は見つからない）、消毒をし忘れて患者から「先生、消毒忘れてるよ」と言われたりした。

――危ない……これほど注意力が落ちるとは……。

これまでにも何度か、ほぼ徹夜明けで朝の採血をしたことはあった。が、この朝はいつもと少し違っていた。前夜にあれほど集中して救急外来で働いたからか、ただの睡眠不足とは様子が違う。歯がところどころ欠けた櫛《くし》のように、連続すべき集中力が途切れ途切れになっている。これは隆治にとって初めての経験であった。

採血を終え、朝の外科の会議《カンファレンス》に行った。不機嫌な外科医が集まるこの会が隆治は苦手だった。虫の居所が悪いだけで叱られたことが一度や二度ではなかったからだ。

「続いて、昨日来た虫垂炎《アッペ》の症例です」

暗い部屋で司会の岩井がそう言う。隆治は、真夜中に作ったサマリーをプロジェクターに映し出した。

「お願いします。症例は一四歳女性、虫垂炎の方です。昨晩救急外来に直来《チョクライ》、初診時右下腹部に圧痛を認めました。腹膜刺激症状はありません。体温は37・4度、ラボデータは白血球が1万9700……」

外科医たちは微動だにせず聞いている。この発表《プレゼン》の内容は果たして合っているのだろうか……誰も反応しないのは、まるで的を射ていないからなのではないか……。

隆治は発表《プレゼン》を続けている。外科医の会議《カンファレンス》は厳しい。間違っていると、人格を否定するようなことを簡単に言われる。そして間違いが続くと、本当に存在を無視され「この研修医はいないもの」として扱われる。誰からも叱られなくなり、淡々と雑用を数カ月こなして終わる。過去にそんな研修医が何人もいたと隆治は一学年上の先輩研修医から聞いていた。だから、負けたくなかった。

「続いて画像です。腹部単純レントゲンでは、右下腹部のガスレス像を認めます。次にCT画像では」

そう言って隆治は電子カルテを操作し「CT画像一覧」をクリックしたが、画像が表示されなかった。五秒経ち、一〇秒経つがまだ出ない。パソコンがフリーズしたようだ。

隆治は焦る。背中と後頭部の汗腺がいっせいに開き、汗が噴き出る。速く、速くしろ。

外科医はせっかちなんだ。外科医は待つのが嫌いなんだ。ただでさえ朝の機嫌が悪い時に、なんてついていないんだ。

隆治はいきおいもう一度クリックした。すると今度は砂時計のマークが出た。隆治は祈るような気持ちでそのくるくる回る砂時計を見つめた。今度は画像が表示された。ホッとする間もなく、隆治は話し続けた。

「CTでは」

マウスを動かして、昨日佐藤に教えてもらった虫垂を指し示す。

「こちらに腫大した虫垂を認め、こちらに糞石も認めます。以上から、急性虫垂炎の診断と考えます」

岩井がぼりぼりと鬢《もみあげ》をかいてアクビをし、「方針は？」と言った。

「はい、本日虫垂切除術を行う予定です」

「なんで昨日夜中にやらねえんだよ」

と誰かが言った。隆治は誰が言ったかわからなかったが、佐藤が、

「症状が比較的落ち着いていることと、心臓外科の緊急手術があり手術室の手が足りなかったので本日の準緊急手術でよいと私が判断しました」

とCT画像を見つめながら淡々と言った。一歩も譲るつもりはない、私の判断は間違

っていない、という横顔に見えた。

「いいんじゃない、今日やりなよ佐藤」

ずっと黙っていた須郷部長がそう言い、「な？」と言って隆治の尻をポンと叩き佐藤を見た。須郷はにこにこしている。

「はい、そのつもりです」

――これは、何を意味するんだろう。もしかして、もしかしたら……。

「その予定で手術室と麻酔科医にも連絡してあります、九時入室で腰椎麻酔《ルンバール》と軽い鎮静《セデーション》でやります」

「さすが、佐藤」

岩井が茶化すような口調で言った。

「では、今日の会議《カンファレンス》はこれで終わります」

ドアが開くと眩しい光がいっせいに会議室に入り込んできた。暗い会議室にずっといた上に激しい睡眠不足の隆治は眩しさに目を細めながら、プロジェクターと電子カルテをいそいそと片付けた。

＊

ポッ……ポッ……ポッ……ポッ……

冷んやりとした手術室はさっきまではがやがやと慌ただしく、看護師や麻酔科医があれこれ情報交換をしていたのに、今となっては誰も喋る者はいない。外科医は三人で無言のまま消毒をした。「オッケー、じゃあ始めよう」そう岩井が言った。

「メスをください」

隆治の目の前には、白い肌が青いシーツに囲まれて直径三〇センチほどの楕円形に剝き出しになっている。右には除毛《じょもう》したばかりのまばらな陰毛が、まるで伐採された林に残された切り株のようにぽつぽつと生えている。左前には臍が控え目に置かれている。

メスを持つ隆治の手は、少し震えているようだ。

「では、お願いします」

時代錯誤《アナクロ》な手術開始の赤いランプが点灯した。

静かな手術室に、自分の声だけが響く。

「メスをください」

これまで何度、俺はこのシーンを想像したのだろうか。医学部生のころから、どれほど考えたことだろう。

器械出しのナース（手術室で外科医と同じ格好をして、手術道具を外科医に手渡す専属ナースのこと）がメスを手渡した。こんなに、ズシリと重たかったのか。病棟で使う時の使い捨て《ディスポーザブル》のちゃちいメスとは全然違う。柄《え》には滑り止めのための不思議な唐草模様のような柄《がら》が入っていて、メスの刃だけを装着して使う。きっとこれまで何千人、何万人も切ってきたメスなのだろう。

前立ち（第一助手のこと、患者をはさんで執刀医の目の前に立つことからこう呼ばれる）の佐藤が無言のまま「ここからここまで切れ」という印を皮膚につけた。メスを「バイオリン弓把持法《はじほう》」で持つ。教科書で見たとおりに、そしてボールペンで何度も練習したように持つ。白い皮膚は、あの少女の人格を失っている。切るべき皮膚と、切除すべき虫垂だけだ。

メスをそっと皮膚にのせ、ゆっくりと印から印まで切る。あれ、思ったより切れない……。「もう一度切れ」「はい」。言われたとおりもう一度切ってみよう。今度は切れたが、血がずいぶん出た。岩井先生がさっとガーゼで拭いてくれる。

佐藤先生に渡された「鈎《こう》ピン」というピンセットで、皮膚を持って引っ張る。自分と前立ちが均等に引っ張り、真ん中を「電気メス」で切っていけばいいんだろ。しかし電気メスのボタンは二つある。どちらを押せばいいんだ。

「黄色がカットだからまず黄色で」

佐藤先生は俺の心が読めるのか。

ピーーーー
切れた。結構簡単に切れるもんだな。

煙が上がって、黄色い脂肪が見えてきた。「ここ焼いて」と岩井先生が言う。焼いてというのは、電気メスでジュッとすればよいのだろう、きっと。

隆治は言われるがまま、指し示されるがままに電気メスを当てると脂肪が切れて、筋膜が切れて、腹膜が切れお腹が開いた。

「ウンドリトラクターある？」

佐藤が言い、ナースから受け取りぽっかり開いた創に装着した。透明のビニール製の筒状シートのようなもので、両端にリングがあり今切った創をすっぽりと覆った。
「虫垂炎《アッペ》の手術《オペ》は膿瘍《のうよう》が出て汚れることがあるから、創をこれで保護するんだよ」

——完全に「ここ掘れワンワン」状態だ。初めてとはいえ、もう少し主体的にやりたい、が、何をすればいいかわからない……。

これからきっと虫垂《アッペ》を探し出して切り取るんだろう。アッ、佐藤先生が腹の中に指を入れた。すごい、人の腹の中に指を……何やらグチャグチャしている。なぜ指をぐりぐりしながら、あさっての方向を向くんだろう？　視覚からの情報量を減らして、指先に処理能力を集中させているんだろうか。とにかく今は何もできない。待つしかない。ぐりぐり、ぐりぐり。俺もちょっとやらせて欲しいなあ。あっ、何か出てきた。汚いけど、大きさ的には親指くらいだ……この白い膿《うみ》のついた汚いものが、もしかして、虫垂《アッペ》？　だろうなきっと。こんな汚いものが体の中にあったのか、そりゃ痛いに決まってる。

「ごめん、出しちゃった。ま、先生初めてだからね。これが虫垂《アッペ》」

やっぱりそうだった。あとは先月の虫垂切除術《アッペンデクトミー》の時に佐藤先生がやっていたのと同じだ。ペアンと呼ばれるはさむ道具で一度根っこをはさんで、ずらしてもう一度はさんで、切る。切ったら糸で縛っていた。

「ペアンください」

「おっいいねえ」

岩井が茶化してくるが、反応する余裕はない。これで虫垂をはさんで、

「もう少し下で噛め」

「はい」もう一度はさんで、

「ここでいいですか?」

言いながらはさむ。

――ええと、これは何で切ればいいんだっけ……。

隆治が止まっていると、「じゃあメスをもう一度雨野に渡して」と佐藤がナースに指示しフォローした。隆治はメスで虫垂を切り取ると、感慨深げに虫垂を左手で握ったまま顔に近づけてまじまじと見た。

「汚い! 早く下ろしなさい!」

「すみません」

下ろしなさい、の意味もわからなかったが、隆治はとりあえずそれをナースに渡した。

「2-0絹糸《ニゼロけんし》」

佐藤が言うと白い糸がナースから佐藤に手渡された。目に見えぬほどの素早い手つき

で佐藤が糸を結び、「ハイ」と言った。隆治は何のことかわからなかったが、ペアンを外した。今度は正解だったようだ。

「じゃああとは3《サン》－0《ゼロ》バイクリルで根部をタバコ縫合する。タバコ縫合ってやったことある?」

「いえ、ありません」

「じゃあ最初ちょっとだけやるから見てて」

佐藤はそう言うと、手際良く腸に針を刺し、引き抜いた。

「これくらいの場所に、深く針をかけて。虫垂炎《アッペ》だと腸がぐずぐずだから、しっかり針をかけないとちぎれて再手術《リオペ》になるよ」

「はい」

それからは無我夢中だった。何も考えられず何も言わず、「ちぎれて再手術《リオペ》になるぞ」という佐藤の言葉がただ恐怖であった。自分のせいでこの患者さんが、大きな不利益を被る。それだけは避けたかった。昨夜救急外来に来たこの絢という名の少女を、自分でかろうじて診断したこの患者を、自分で手術しているのだ。全ての責任は自分にあるつもりであった。だから隆治は集中した、これまでの人生でおそらく最も。

たかが虫垂炎《アッペ》の手術だとしても、彼の人生の集大成がこの針の運びにかかっていた。

それほど真剣であった。全身の毛穴はぐっと締まり、背中の産毛まで立ち、全ての感覚は手先に集まった。いつの間にか大汗をかいていて、隆治の帽子の色は濡れて変色していた。

「うん、そう、そう……なかなかいいじゃん」

佐藤が言った。縫ったのは五針、二分くらいであったが、隆治には一時間も縫っているように感じられた。最後の一針を縫って針を抜いた時、隆治の足がガクンと折れ全身が大きく揺らいだ。

「えっ、しっかり!」

佐藤が大きな声をかける。

「すみません、大丈夫です」

「倒れるなよ、今日は」

佐藤が言いながら、マスクの下で笑っているのがわかった。

「すみません、倒れません」

隆治も言いながら笑った。

それからは腹の中をガーゼでぬぐい、汚染が少ないことを確認して手袋を換えた。

「じゃいいね、あとよろしくー」

岩井は青いガウンを脱ぎ、手術室からさっさと退室した。

隆治と佐藤は、向かい合って二人になった。少し緊張したが、あとはいくつかの膜と皮膚を縫っておしまいだった。

全てを縫い終わると、佐藤が大きな声で、

「ありがとうございました」

と言った。手術を終了する時、本来なら執刀した外科医がそう言うのだ。忘れていた隆治は慌てて「ありがとうございました」と言った。

「お疲れ。今日私と岩井先生、夜研究会で早く上がるからよろしくね」と言うと、佐藤は出て行った。


創にシールを貼ると隆治は手袋とガウンを脱いで、絢の顔を見た。

「絢さん、無事終わりましたよ」

「うう……ん……」

少し鎮静剤を使った影響で、まだはっきりとはわからないようだった。

それでも手術は終わった。「終わらない手術はない」と昔誰かに聞いた。きっとこの言葉は、もっと大変で大掛かりな手術のためにあるのだろう。それでも隆治はこの言葉を思い出し、この手術もやっぱり終わったんだな、と思った。

壁の時計は「手術時間：57分」と表示していた。たった五七分だったが、ずいぶん長く感じられた。

手術室の看護師が、

「絢さん、手術終わりましたよー！　起きてくださーい！」

と大きな声をかけていた。反応はまだあまりないようだ。

とにかく、終わった。救急外来で診察し、虫垂炎《アッペ》と診断して、手術をして、多分うまくいっている。これからは厳重に見ていかなければならないけど、ひとまず治したのだ。その安心からか隆治は急に猛烈な眠気を感じて、手術室の床に座り込むと、そのままいびきをかいて眠ってしまった。

＊

その翌々日、隆治は絢に食事を出す指示を出した。幸い経過は良好であり、さらにその二日後に絢は退院した。

Part 4　イシイ

隆治はそれからというもの、忙しい時は医局のソファで寝て、たまに自分の家に帰るという生活を繰り返していた。

「朝から暑いね、アメちゃん」

川村が、淡いブルーのストライプのシャツに白の短パンという格好で現れた。

「おお、おはよ、川村くん」

隆治は目をこすりながら、ところどころ破れているぼろソファで目を覚ました。

「またソファで寝ちゃったよ。今何時?」

「まだ六時だよ、誰も来てないね」

「うん」

目に張り付いたコンタクトレンズを取る。レンズをつけたまま寝てしまったのでコンタクトが角膜に張り付いていて、べりべりとはがす時に痛みがあった。隆治はぼんやりと起き上がった。黴《かび》臭いソファの足元には、やはり黴臭いタオルケットが丸まって置いてある。寝る時には掛けていたのだが、寝ている間に暑くて蹴っ飛ばしてしまったのだろう。隆治は鹿児島の出身だったが、とても暑がりだった。

「アメちゃんってなんでいつも医局のソファで寝ちゃうの？　家帰ってないの？」

「うーん、あんまり帰ってないなあ。いやさ、仕事終わって疲れてここに戻ってきて、ソファに寝っ転がるでしょ？　ちょっと勉強しようかなって本を開くと眠くなっちゃって。それでそのまま寝ちゃうんだよ」

「ふーん。それじゃ疲れ取れなくない？」

「そうでもないよ。なんか人がいるところの方が落ち着いて眠れるんだ」

「変なの」

「ま、通勤時間ないからラクだし」

「でもさ、あんま長く病院いすぎると超過勤務長すぎって怒られるよ。そろそろ」

「え、そうなの？」

「うん。こないだ研修委員会で先生が言ってたよ、研修医の超過勤務時間を減らすって」

「全然知らなかった。委員会、寝てたからなあ」

「ほら、研修医の過労問題だよ。うちでもこれまでだいぶ働かせてたから、明るみに出る前に変えようって作戦らしいぜ」

「なるほど、そりゃありがたいような迷惑なような……帰れって言われてもねえ」

——俺はこのスタイルがいいんだけどな。


それから隆治は病棟へ行った。

隆治がいつものように採血をし（この日は八人もいた）、病棟で仕事をしていると看護師の吉川が話しかけてきた。

「先生、おはよう！」

ばんと隆治の背中を叩く。

「あ、おはようございます」

「相変わらずくたくたの顔ねえ。またどうせ医局で寝たんでしょう。ねえねえ、なんか私に言うことない？」

もともと大きい目をさらに大きくして吉川は言った。

「え？」

隆治は素早くまばたきをした。なんのことかわからない。

「ええと……」

「もう、ダメね。今日は私、ユニフォームの色が違うでしょ。それくらいわからないと」

「すみません」

そう言いながら見ると、たしかに吉川はいつも白いナース服だが、この日はピンク色を着ていた。

「ま、先生にはわからないか」

そう言うと吉川は楽しそうな顔をして歩いて行った。なぜあんなに嬉しそうなのか隆治にはさっぱりわからなかったが、少し気が紛れた気がした。

隆治は昨日から気が重かった。気が重い理由はわかっていたが、あまり考えないようにしていた。この日は若い患者に病状説明をするという予定があった。患者はかなり若く、隆治と同い年だ。が、大腸がんのすでに末期の状態だった。もちろん隆治は研修医だから、まだ一人で説明はできない。なので上司の岩井が説明をするところに同席することになっていた。

約束の時間になり、隆治は岩井に電話をかけた。

「先生すみません、説明のお時間です」

「あ、すぐ行くわ」

岩井はどこか静かなところにいたようだが、今日の機嫌は悪くないようだった。

「じゃあ、お掛けください」

岩井がそう促すと、パジャマ姿の若い男性と両親は説明用の個室の椅子に腰を下ろした。丸い椅子で、背もたれはないものだった。岩井と隆治の椅子は背もたれがついていて、そのことが隆治は少し気にかかった。

「では、病状について説明します」

岩井のその言葉から病状説明は始まった。

「イシイさんは、ご存じの通り大腸のがんでですね」

その二五歳の男性は、色白の顔に細い目をしていて、やはり白い顎にはまばらな髭を生やしていた。ペラペラの水色のパジャマに包まれた彼の体は病気のせいか痩せこけてひどく薄く見えた。イシイは口を半開きにし、しっかりと岩井を見ながら一言一句漏らすまいと聞いていた。

「イシイさんは現在ステージⅣ《フォー》と言って、一番進んでいる状況です。手術で治すのは不可能で、肝臓に転移があるのと、腹膜播種《ふくまくはしゅ》という、お腹の中に細かく散らばっている転移があります。さらに肺にも多数の転移があります」

イシイの右にいた母親が、ピンクのハンドバッグの柄をぎゅっと握った。

「これまで化学療法、ええとつまり抗がん剤のことですね、をずっとやってきましたが、ほぼ全部の種類の薬を使い切ってしまったような状況です。これ以上使っても副作用が出るばかりで効果はありませんので、抗がん剤の治療は、今回はおしまいです」

隆治は両足を少し動かした。

「これからは痛みなどの症状を取っていく治療がメインになります」

私からは以上です、と岩井が言った。

イシイと呼ばれた男性は、下を向いた。隆治は自分の正面に座る母親を見た。母親もまたうつむいていた。

「わかりました、ありがとうございます」

母親がそう言うと、三人は部屋を出て行った。

――「今回はおしまいです」ってなんだよ。どういう意味だよ。次回とかないだろ。

そう思っていると、岩井が隆治に言った。

「両親だけもう一度連れてきて」

「わかりました」

隆治が病室に行き、すみません、ご両親だけもうちょっといいですか、と声をかけた。みなうつむいていた。

再び個室に両親が入り、さっきと同じ丸椅子に座った。岩井は何やらかちゃかちゃと電子カルテのキーボードを叩いていた。隆治がドアを閉めると、岩井は話し始めた。

「ああ、すみませんわざわざ。さて、先ほどのお話の続きです。ここから先は、ご本人に話すつもりは今のところありません。イシイさんがあとどれだけ頑張れるかというお話です」

「はい」

母親が小さな声で答えた。

「肝臓の転移がかなり大きい上に無数にあり、肝臓はほとんどがんに置き換わってしまっています。これが大きくなってしまうと黄疸が出てよくありません。そして腹膜播種、お腹の中に散らばったがんのことですね、これも無数にある状態で、すぐに腹水が溜まり腸が動かなくなります。そうするとご飯が食べられなくなります。そして肺にもたくさんの転移があるため、こちらも危ない状態です。ですから」

両親は黙って聞いている。岩井は続けた。

「長くてだいたい一カ月。早ければ週の単位の可能性もあります」

——なぜそんなことを言うんだ。他に言い方はないのか。もっとちょっとずつ受け入れられるように説明はできないのか。

「あの」

ずっとうつむいていた母親が顔を上げて口を開いた。

「それって、元気でいられる時間ということでしょうか」

かすれる声で、目を見開いて言った。岩井は間髪を容れずに答えた。

「違います。いのちが、ということです」

母親の顔がびしっと音を立てて強張った。

東京の下町の、汚い病院の狭い一室で四人は黙っていた。両親はぴくりとも動かなかった。隆治はテーブルに置かれた手を見た。

父親の手は黄土色のよれよれのシャツから枯れ木のように出ていて、手の甲の骨が浮き出ていた。爪は茶色に変色し、小指の爪だけ長くなっていた。白い文字盤に黒い革の腕時計は、サイズが合わずぶかぶかになっていて、まるで父親の腕にぶら下がっているようだった。

母親の手は、太いソーセージのような指をにょきっと五本生やしていて、昔は金だったがくすんでしまったというような色の指輪が人差し指と薬指にはまっていた。シミだらけの手は皺一つなくぴんと張り、駅で一〇〇〇円で売っているような細い赤いベルトの腕時計をしていた。

違います。いのちが、ということです。

ドアの外から、ガラガラと食事のカートが押されている音が聞こえた。電子カルテは「両親と本人に説明、肝転移、播種ありケモは」と入力途中の文字を静かに表示している。

一〇秒ほども経っただろうか、我慢しきれなかったのか岩井が言葉を続けた。隆治は下を向いていた。

「ですから、これからは痛みや苦痛を取る治療が中心になっていきます」

誰も返事をしなかった。

しばらくして母親が、

「はい、どうぞよろしくお願いいたします」

とだけ言い、深く頭を下げた。あまりに深く頭を下げるので、ひたいが机に当たってしまいそうだった。父親は軽く首を曲げただけで、何も言わなかった。


両親が部屋を出ると、岩井は大きくため息をついた。

「一度目の病状説明《ムンテラ》は俺がカルテ書いたから、今の方はお前書いといて」

「わかりました」隆治は答えた。

——え、こっちは俺が書くのか……。

岩井が部屋を出て行くと、隆治はその個室に一人になった。

白い壁、両親が出て行く時に位置を直した丸椅子、電子カルテ画面。窓はなく、貼り紙もなく絵一つ掛かっていないその部屋はまるで特殊な心理実験が行われる一室のようだ。


どうすればいいのか。どうしようもない。彼ががんになった理由はない。彼が治る可能性はゼロだ。いや、もしかしたら奇跡みたいなことがあるのかもしれない。いや、ありえない。あの両親。一、二カ月後には確実に息子に先立たれることが決まったあの両親は、今日から何を食べ何を飲み、どんな顔で息子と話すのだろう。希望も救いもないこの数週間、ただただ悪くなっていく息子だけを見、悪い話ばかりを医者から聞かされ続けるこの数週間。

考えてみれば俺は、医者になり病院に勤めるようになってからというもの、こんな話ばかり聞いている気がする。この世はこんなにもやるせない哀しみに満ちている。そして医者には、そこでできることなんてほとんどないんだ。

白い部屋に立っていた隆治は、白い壁をごんと殴った。拳は痛くなかった。

*

翌朝、隆治はいつものように六時からの数人の採血を終えると、ナースステーションの椅子にどんと座った。マウスの横に冷たい緑茶のペットボトルを置くと、イシイのカルテを開いた。エアコンの風が汗だくの背中を冷やしていた。そこには自分が昨夜打った文字が並んでいたが、まるで他人が書いたカルテのように思えた。

[ご両親のみに病状を説明

肝転移がありそれが大きくなると黄疸になる可能性がある。また無数の腹膜播種があるため、腹水が溜まりイレウスになることも予想される。肺転移も多数認めている。ご本人の生命予後は厳しく、長くて一カ月、短ければ週の単位だろう。これからは症状をやわらげる治療がメインになる。
以上岩井医師から説明、ご納得いただいた。　同席　雨野」

　ご納得いただいた、を見て気分が悪くなった。何がご納得いただいた、だ。そんな説明を聞いてああそうですかと納得する親などいるものか。しかし教科書には「患者の質問や反応も含めてカルテに病状説明を記載すること」とある。何かを書かねばならないのだが、では「泣きそうであった。ショックを受けていた」とでも書けばよいのか。それはカルテに書くべきことか。あくまで治療に関係のある医学的な事実を、客観的に書くのがカルテだとも習った。

　隆治は数カ月の研修医生活の中で、与えられた仕事を指示通り一〇〇%完璧にやりきりたいというだけでなく、指示されたことをこなすだけではいたくない気持ちも芽生えてきていた。

この対立に折り合いをつけることも、気づかないふりをすることもできなかった。どうすればよいのかわからなかった。そして、今の自分が独力では何もできないことに焦りを覚えた。早く一人前の医者にならなければ。そう思ったが、一人前の医者になったらこの対立が解決するのかどうかもわからなかった。

じっとり汗をかいた緑茶のペットボトルを手に取ると、隆治は勢いよく飲んだ。冷たい茶が咽頭《いんとう》を通り、食道をさっと通る。食道と胃のさかい目が冷え、直後にどさっとお茶が胃に入るのを感じた。胃は隆治の意思とは無関係に蠢《うごめ》いて、お茶と黄色い胃液を混ぜ合わせていた。

ふう、と一つ息を吐いて、隆治は他の患者のカルテをチェックした。いわゆる「温度《おんど》板《ばん》」と呼ばれる、体温や血圧、尿量や便の回数、食事量などが全て記載されたチャートだ。一人一人クリックして見ていき、担当患者の全員分を見た。集中治療室《ICU》から出たばかりの拓磨は朝一番で見に行っているので新しい情報はなかった。変わらずあまりよくないが安定はしていた。「低め安定」と佐藤も言っていた。

温度板で発見した発熱患者の病室に行った。

「大丈夫ですよ、昨日手術でしたので翌日はだいたい熱が出るんです」

やっと言い慣れてきたセリフを言うと、その足でイシイの病室に行ってみた。四人部屋の窓側のカーテンを開けるとイシイは目を覚ましていて、ベッドの背もたれを起こして携帯電話をいじっていた。

「おはようございます」

声をかけるまで、イシイは隆治に気づいていなかった。

「あ、おはようございます」

にこりとイシイは微笑み、携帯を腹の上に置いた。

「体調はどうです？　夜は眠れました？」

「はい。なんだかちょっと吐き気があって、夜はあんまり眠れませんでした」

イシイは白い顎のまばらな髭を触っていた。隆治は、髭を剃ってしまえばいいのに、と思いながら話を続けた。

「そうですか。それは辛かったですね」

「ええ」

「吐いちゃいました？」

「いや、吐いてはいないです。でもたまにぐぐっと込み上げてきて吐きそうになって」

「そうですか……ちょっとお腹見てもいいですか？」

隆治はそう言うと、イシイがかけている布団をはいだ。

「いいですよ」

すいません、と言って隆治がパジャマをたくし上げズボンを下げると、ぱんぱんに張ったドームのようなお腹が出てきた。

――これは……前と全然違う……。

隆治はなんとか表情が変わらないようにしながら、お腹を中指で打診した。ボーンボーン、と太鼓を叩いたような音がした。

「ずいぶん張っちゃいましたね」

「なんかそうみたいです。おならもしばらく出ていないしなあ」

「え、おならが出てないんですか？」

隆治はつい大きな声を出したので、イシイが不審そうな顔で、

「ええ、まずいです？」

と尋ねた。

――しまった、つい本心で反応してしまった。

「いや、そんなことはありませんけどね」

と言った。笑顔は作れなかった。

「念のため、今日はレントゲンも撮っておきましょうか」

「わかりました……うう……また気持ち悪く……」

イシイの顔がみるみる青くなっていく。今にも吐きそうだ。

「え！　大丈夫！　ちょっと、何か……」

隆治は大急ぎでベッドサイドを見渡した。コンビニのビニール袋があったのでイシイの口元に当てた。

「吐いちゃっていいですよ！」

返事をする間もなく、イシイは吐いた。緑色のものを吐いた。あまりに大量に吐いたので、ビニール袋はすぐにいっぱいになってしまった。

たくさん吐いてからも、イシイはしばらく何度も「おえ、おえ」とえずいていた。

「大丈夫……じゃないですよね。まだ出そうですか？」

「もう出ないです」

すっかり青くなった顔でイシイは答えた。

じゃあ口ゆすいでてくださいね、と言いながら隆治はビニール袋を汚物室に捨てた。

――あれはもうイレウスなのでは……。

そうも思ったが、レントゲンを見てから考えることにした。

*

その日の午後、レントゲン写真を見た隆治は驚いた。学生のころ勉強した「イレウスの典型的なレントゲン像：鏡面形成《ニボー》」。あのまんまではないか……そう思った。イレウスとは、腸の動きがなくなったり詰まったりした結果、腸の中のものが肛門の方に流れなくなった状態だ。ひどくなるとお腹が張り、口から吐いてしまうようになる。

岩井に電話でそれを告げると、吐いてるの、何回吐いたの、腹は痛いの、といくつか質問され、最終的に「説明して管入れといて」と言われた。

管とは、経鼻胃管《けいびいかん》、あるいはマーゲンゾンデと言われる長いストローのようなもので、それを鼻から六〇センチくらい入れて先端が胃の中に入るようにし、胃の中身を管から吸い出して嘔吐しないようにするものだ。それを鼻から入れる医療行為は、採血と並びほぼ唯一、研修医の隆治がやっと単独で（つまり指導する医師の立ち会いなしに）行えるようになった医療行為だった。

隆治は「サフィード」と書かれた袋入りの管と注射器を持ってイシイの病室へ行った。イシイはいつもと違う、ナースステーションに近い部屋に移っていた。

そこは、前に九四歳の胃がんの患者さんがいたベッドだった。彼はあの会議《カンファレンス》の数日後に転院していた。転院先では積極的な治療は行われず、二カ月ほどで息を引きとったと聞いた。

「失礼します」

そう言ってカーテンを開ける。

「ああ、先生どうも」

イシイはベッドに斜めになって寝ていた。きっと具合が悪いのだろう。声にも覇気がなかった。

「すみません遅くなっちゃって」

「いえ、全然」

イシイは目を細めて力なく笑った。

「レントゲンを拝見したのですが」

「はい」

「どうもイレウスになっているみたいなんです」

「え、ええ」

イシイはイレウスという言葉が聞き取れなかったようだったが、かすかに笑みを浮かべた。

「それで、このままだと何度も吐いちゃうので、鼻から管を入れなきゃいけません」

「鼻から、ですか？」

イシイはそう言うと隆治の手元の袋を見た。

「はい、鼻からです」

イシイはちょっと考えた様子で、しばらく黙っていた。

――入れないという選択肢は、ないんで……お願い、嫌だとか言わないで……。

「わかりました、しょうがないですもんね」

イシイはそう言うとまた力なく微笑んだ。

ふー、と小さく隆治は鼻からため息をつき、

「ではこれから準備しますね」

と言った。

電動ベッドの背もたれを起こし、まっすぐに座ってもらってから隆治は管を取り出し

た。透明な手袋をはめると、管の先端に麻酔のゼリー《キシロカイン・ゼリー》をたっぷり塗って、

「では入れていきますね」

そう言うと右の鼻の穴から入れていった。ぬるりとした感覚が手に伝わってきた。

「ではここで、つばをごっくんと飲んでください」

イシイは時折顔をしかめながらも、頑張って飲み込む動きをした。幸い管はスムーズに入っていき、六〇センチ入ったところで管から黄色い胃液が出てきた。

——よっぽど溜まっていたんだな……。

そう思いつつ隆治は急いでバッグを管に接続した。みるみる管からバッグに黄緑色の濁流が呑まれていく。

——よし、出ろ。もっと出ろ。

そう思いながら、隆治はイシイに声をかけた。

「すみません、苦しかったですね。今無事にちゃんと入りましたので。これで胃液が出てくるとお腹がへっこんで楽になりますから」

隆治は自分に言い聞かせているような気がした。イシイはぐったりして返事をしなかった。イシイの低い鼻に白いテープで管を固定すると、隆治は逃げるように病室を出た。

病室の外で再び岩井にＰＨＳから電話をかけた。

「雨野です」「おう」「今イシイさんに経鼻胃管《マーゲンゾンデ》を挿《い》れました」「うん」「失礼します」

　わずか五秒ほどのやりとりだった。そんなことでいちいち電話してくるな、と言われたような返答だったが、それでも一人ぼっちで行った医療行為は恐ろしくて報告しておきたかった。手袋や管の入っていた袋をナースステーションのゴミ箱に捨て、隆治は再度イシイの病室に戻った。

「イシイさん、大丈夫ですか」

　病室に入ると、さっきとはまったく違う空気を隆治は感じた。空気中の分子が全て自由運動をやめてしまったようだった。空気はしっとりと湿気を帯びていた。どこかで感じたことがあるこの空気。それも一度や二度ではない。

　ベッドの背もたれに寄りかかり、イシイは目をつぶっていた。管が入ったことで、のどや鼻の違和感が強いのだろう。

「イシイさん」

　そう言って隆治が肩に手を置くと、イシイはようやく目を開けた。

「ああ、先生」

鼻から管が入っただけでずいぶんと人相が変わってしまっていた。

「だいぶ楽になりました。お腹」

「そうですか！」

隆治は喜んだが、とっさに嬉しそうな表情を打ち消した。目の前のイシイは全然楽そうに見えなかったからだ。

――これは、俺に気を遣って言ってるんだろうか。

「先生」

イシイが力なく言った。

「はい」

「これって、いつまで入れたままなんでしょうか」

――どうしよう……。

正直なところ、この先この管が抜ける見込みはあまりない。それはつまり、死ぬまで抜けないということを意味した。しかしそんなことを本人に言うわけにはいかなかった。しかも、ここで返答に間をあけてはならない。顔色一つ、声色一つ変えてはならない。医者は時に役者にならねばならない。

「管から出る液体の量を見ていきますので」

隆治は唇をちょっと舐めて続けた。イシイは隆治が言葉に詰まったのに気づいていないようだった。

「量が減ったら抜けますのでね」

イシイの表情が一瞬曇ったのを隆治は見た。すぐにこう付け加えた。

「数日で抜けると思いますよ」

「そうですか！　じゃあ頑張ります！」

ぱっと表情が明るくなった。

「先生、ありがとうございます」


隆治はとっさに嘘をついてしまった。そんな見込みはまったくなかった。隆治はそう考えていたが、実際は腸液を減らす薬剤を使うと抜けることが多い。しかし隆治にはその知識がまだなかった。


隆治はナースステーションに戻ると、看護師の吉川を見つけた。

「先生どうしたの、暗い顔をして」

――まったく、魔法使いみたいだ。看護師さんって、こっちが何を考えているかわかるんだな。

「いえ、今イシイさんに胃管を挿れてきて」

「あ、わかった。失敗したんでしょ?」

吉川が少し笑って聞いてくる。

「いえ、うまくいきましたよ」

「じゃあなんで落ち込んでるの?」

「えっ……」

隆治は少しためらったが、話した。

イシイに「どれくらい挿れておくのか」と聞かれたこと、言葉に一瞬詰まったこと、しかしそれは気づかれなかったこと、そして嘘をついたことを。

「あら、なに馬鹿なこと言ってんのよ先生」

「え……」

「それはね、必要なことだったの。だってそう言った方がいいと思ったし、実際言った方がよかったんでしょう?」

「ええ、まあ。おそらく、ですけど」

「だったらそう言ったっていいのよ。嘘ついたっていいの。それはね、『優しい嘘』なのよ」

「『優しい嘘』ですか？」

「そうよ。先生、大学出てるんでしょう？　しかも医学部出てるんでしょう？　そんなこともわからないのね」

吉川はまったくあきれたという顔をして、続けた。

「いいわ。世の中にはね、二つの嘘があるの。一つは人を欺《あざむ》く嘘。これは値段をごまかして高く売ったり、結婚してるのにしてないって言ったりして人を騙《だま》すもの。わかるわよね？」

隆治はうなずいた。

「もう一つは、『優しい嘘』。これはね、人を助ける嘘なのよ。そりゃあね、露骨に思いっきりありえないことを言うのはダメよ。手術するけど、手術後はまったく痛くないですよ、とかはダメ。でもね」

吉川は立ったまま続けた。隆治はじっと吉川の目を見つめた。

「治らない人に、治る見込みは少しはあるかもしれないと言ったっていいでしょ？　治らない人に、治らないって馬鹿正直に言うのはおかしいと思わない？　そりゃ可能性で言ったら一%もないかもしれないわ。でも、ちょっとくらい希望を持ってもらったっていいじゃない。それが『優しい嘘』よ」

「優しい嘘……」

「なんかわかったようなわかってないような顔ね。先生の言いたいことわかるわよ。『それでも真実を言わないのはよくない』って言いたいんでしょう。でも、それでも必要な時はあるの」

「うーん、そんなもんですかねえ……」

「そうよ。この仕事《ナース》やってるとそんなことしょっちゅうよ。がんの末期《ターミナル》の患者さんに『もうすぐ死ぬんですかね』なんて聞かれて『なに馬鹿なこと言ってるの、そんなわけないじゃない、しっかりしてちょうだい』ってね。これは本当に必要なことなのよ」

　吉川は横を向いて、続けた。

「でもね、『優しい嘘』を言った人には大変な重荷がのしかかることになるの。嘘をついた相手の全部を受け止められるような覚悟がなければ、そして嘘つきとなじられても笑顔で謝れるような気持ちがなければ、『優しい嘘』はついてはいけないの」

「……僕にはそんな覚悟はなかった……」

「大丈夫よ。言ってしまってからでも、それから腹を決めればいいのよ。先生ならできるわよ」

「そうですか。頑張ります」

「ま、あまり深刻に考えないことよ。本当に管、抜けるかもしれないんだから。……あ、ナースコールだから行くわね、じゃね先生」

そう言うと吉川はぱたぱたとナースシューズを鳴らして歩いて行った。

――優しい嘘……。

隆治はパソコンのモニターに映し出されたイシイのレントゲンを見ていた。イレウスの「鏡面形成《ニボー》」と呼ばれる、直線のたくさんある像をぼうっと見ていると、まるでアフリカ大陸の国境線のように見えてきた。

*

隆治はナースステーションでカルテを書いたり薬を処方したりしていた。担当患者二二人のカルテを全部書き終えたところで、時計は九時を回っていた。

イシイは大丈夫だろうか。鼻から挿れた管が苦しくないだろうか。

ちょっと病室に行こうかとも思ったが、消灯時間を過ぎている。もし寝ていたら、起こすのもかわいそうな気がする。

悩んだあげく、隆治はイシイの病室へとおもむいた。

コンコン、とノックをする。イシイは重症者ということで個室に移っていた。

「はい」

意外にも、中から返事があった。

そっとドアを開けると、イシイがベッドの背もたれを起こした状態で座っていた。

「すみません、遅い時間に」

「あ、いえ先生ありがとうございます」

「どうですか？　その後」

「ええ、管からたくさん出たみたいで、結構楽になりました」

隆治が見ると、管に繋がっているバッグはパンパンに張っている。どうやら大量に液体が出たようだ。

「ずいぶんたくさん出ましたね、よかったです」

「はい。これってたくさん出た方がいいんですか？」

「いえ、そういうわけじゃないんですが……なんと言うか……今日は溜まっているものがたくさん出たのでよかったんですよ」

　そうなんですね、とイシイは力なく笑った。

　隆治がじゃあ、と部屋を出ようとすると、イシイはもう少し話したそうな顔をしている。隆治はどうしても無視できなかった。

「イシイさんって、お仕事は何をなさっているんですか」

「私は、大学出てから実は医療機器のメーカーに勤めているんです」

「え！　そうなんですか！　じゃあ同じ業界ですね」

「そうなんです……」

　イシイがなぜか目を伏せたので、間があいてしまった。隆治はなんとなく気まずく感じ、

「しかもイシイさん、実は私と同い年なんですよ」

　と言った。

「あ、本当ですか。それは知らなかった、ちょっと嬉しいです」

　それきり何も言わなかったので、また病室が静かになった。

　そろそろ退室しようかな……と隆治が思った時、イシイが口を開いた。

「先生、実は僕、医者になりたかったんですよ」

「え！　そうだったんですか！」

「はい。でも、あとちょっとのところでセンター試験の点数が届かなくて医学部に落ちちゃったんです」

「………」

「それで、家にお金がなかったので浪人ができなくて、工学部に行ったんです」

「そうだったんですね」

「でも、医療に何かしら関わりたくて、今の医療機器メーカーに勤めてるんです」

イシイはこほんこほんと咳をしてから、続けた。

「だから、先生見てると羨ましくてね……いや、羨ましいなんて失礼ですよね。すごく大変なんですもんね、お医者さんて」

「あ、いえ、そんな……」

「先生、いいお医者さんになってくださいね！」

「は、はい！」

隆治は気まずくなり、「おやすみなさい」とだけ言うと逃げるようにして病室を出た。

＊

翌日、隆治は早朝にイシイの病室に行った。イシイは見るからにぐったりしていた。どうやら夜間のうちに急激に状態が悪くなったようだ。酸素マスクがつけられ、息をするたびに薄い胸は肩と一緒に上下した。というよりも、肩が胸を無理やり釣り上げているような息の仕方だった。昨日あれほど力のなかった顔は強くしかめられ、口は大きく開いていた。

「イシイさん、大丈夫ですか？」

「…………」

もはや意思疎通は難しいようだった。ポケットから聴診器を取り出し、隆治はイシイのパジャマのボタンを二つ外した。あばらが浮いてゴツゴツした白い胸は、冷や汗で湿っていた。

（ゴゴゴ　ゴゴゴ）

それはかつて聞いたことのない音だった。

——なんだこれ？

もう一度隆治は聴診器を持ち直してその胸に当てる。痩せた胸は凹凸が激しく、うまく聴診器を密着させることができない。

（ゴゴゴ　ゴゴゴ）

——おかしいな？

その音は重篤な肺炎の時の音に他ならなかった。しかしそのことが隆治にはわからない。

——でも誰が酸素マスクをつけたんだろう？

イシイのパジャマの胸を閉じると、隆治は急いでナースステーションへ行った。電子カルテでイシイのカルテを開くと、記録があった。

［2：45　胃管あるも大量のvomit（嘔吐）あり、誤嚥《ごえん》。吸引するも効果なし。リザーバー10LでSpO_2 85%。挿管の適応なし、家族に連絡した。記載医　岩井］

どうやら昨夜は、岩井が当直で病院にいたらしい。そして午前二時すぎに病棟ナースから呼ばれ、処置をしてくれたのだろう。ありがたい、と思うと同時に、隆治は［挿管の適応なし］の文字から目が離せなくなった。

「挿管」とは気管内挿管のことであり、呼吸状態が悪くなり自分で呼吸できなくなってしまった場合や、酸素の取り込みがうまくできない時に行う処置だ。

小指ほどの太さのチューブを、口から気管という空気の通り道に入れる。挿管したら、人工呼吸器による呼吸になる。どれくらいの圧でどれくらいの濃度の酸素を何秒間送り込み、何秒間吐き出させるかを設定する。生命が危うい時にはよく行われる処置である。

――挿管しないということは、どういうことなんだ……。

「おはよう」

隆治に声をかけてきたのは、先輩外科医の佐藤玲だった。

「あ、おはようございます」

通常佐藤がこの早朝に病棟にいることはまずないので、隆治は驚いた。まさか自分も呼ばれていたのに、電話に気づかなかったのだろうか？　そんな疑念が湧いて冷や汗が出てきた。

佐藤は両手を上げて伸びをしながら、

「昨日大変だったんだよ」

と言った。

「はい、ありがとうございました。今病室に行ってきて見ました」

「岩井先生が当直だったんだけど、夜中に電話で呼ばれてさ」

「え、そうだったんですね」

なぜ自分ではなく先生が、と隆治が続けようとすると、見透かしたように佐藤は、

「岩井先生は雨野が疲れ切ってるからすまないけど来てくれ、って言ってた。雨野、大丈夫？」

佐藤は大きなあくびをした。あくびをしても、相変わらず小顔のままだった。

――そうだったのか。疲れ切ってるから、というのは、こないだの病状説明《ムンテラ》のことを気にしてくださっていたのか……いや、自分が呼ばれたって何もできないから佐藤先生を呼んだんだろうな。そうに違いない……。

「大丈夫です。先生、すみませんでした」

「気にしないでいいよ。ただ、あの人」

佐藤は隆治の隣に座ると、

「よくないよ」

と言った。

「胃管入ってるのにあんなに吐いちゃって」

「そうですか……」

「うん。でも岩井先生は家族が来たら話すって言ってた。多分挿管はしない方向になるんじゃない」

「そうなんですか……カルテにも岩井先生は『挿管の適応なし』って書いてました」

「うん……厳しいね……」

佐藤は両肘をついて顎を手の上に乗せ、ため息をついた。隆治は目だけを動かして、佐藤の横顔を見た。佐藤はいつものように長い髪を一くくりにして後ろに束ねていた。その横顔は驚くほど整っていた。隆治は慌てて目をそらした。

まだ朝の六時台ということもあって、病棟は静まり返っている。この時間は夜勤の看護師《ナース》が食事を配膳しているため、ナースステーションには誰もいなかった。ナースステーション前のリカバリー室の窓からは、カーテン越しに黄金色の朝陽が射し込んでいた。

隆治はその光をぼんやりと見ていた。

「正直なところ」

不意に佐藤が言った。

「あのままステるよ」

「え?」

「まあもって四八時間かな。若いから、もうちょっと頑張るかもしれないけど」

――ステる……。

患者が死亡するという意味のドイツ語の「ステルベン(sterben)」からきた「ステる」という隠語を隆治は好きではなかった。なんだか正面からそのことに向き合っていない気がするからだ。

――先生、挿管は意味がないんですか。適応がないんですか。

喉のあたりまで出ていた。それでも言えなかった。言えない自分は、なんて情けないのだろう。

*

岩井が病棟に来たころにはもうナースステーションはがやがやとしていて、夜勤の看護師が日勤の看護師に申し送りをしていた。大声を出す者。疲れ切った者。怒る者。優しい者。絶えず鳴り続けるナースコール。誰も止めぬモニターのアラーム音。誰かのPHSが鳴り続ける音。

毎朝その光景を見るたびに、野戦病院とはこんな雰囲気なのかなと隆治は思った。

「おはよう」

岩井が野太い声で言いながら、ナースステーションに入ってきた。混沌はさっと二つに分かれた。まるでモーセのようだ。

「おはようございます。昨日はありがとうございました」

隆治が頭を下げると、岩井は「何が？」と大きな声で言った。

――まずい、機嫌が悪いぞ。

「あの、イシイさんのこと……」

「知らねえよ、佐藤に診てもらったからな」

「はい」

岩井は電子カルテで何やら画像を見ている。

「あの、岩井先生」

岩井は振り向きもしない。

「すみません、イシイさんって」

その瞬間、岩井は手を止めてぎろりと隆治を見た。

「ん？」

――怒られるか……。でも聞かなきゃ。

「あの、挿管って……しないんでしょうか」

「カルテ見てねえのか」

「あ、いえ、見ました。でも……」

「緊急で挿管する適応はない。今はマスクで様子を見て、家族が来たら話すよ。家族が強く希望したら考える」

「はい」

――家族が決めるのか？　本人じゃないのか？

「家族が来たら、お前も入れ」

入れ、とはつまり、説明に同席しろということだろう。

「わかりました」

＊

午後。

病院の外は陽射しが強くなり、下町のアスファルトを照らしていた。病院の周りの野良猫たちは、どこか物陰に隠れてしまっていた。

以前、イシイの両親に話をした時と同じ個室に隆治はいた。隣には岩井が座っていた。

「ですから」

岩井が話す。

「大量に嘔吐したものを誤嚥したので、おそらく改善は見込めません。もし挿管したとしても」

ゆっくりと、向かいに座る両親の顔を見て続けた。

「ごく短期間、つまり数日程度の延命になるだけだと思われます。そしてそれは、本人にかなりの苦痛を強いることにもなってしまいます」

母親は、口を小さく開いて、

「そうですか」

とだけ言った。

前回と同じようによれよれのシャツを着た父親は、黙って下を向いていた。

岩井が一通り話し終わってしまうと、再び部屋は静かになった。

遠くで、

「うん、私やっとくから大丈夫ー！」

という看護師の声が聞こえた。

隆治は動くことができなかった。まるで部屋に石膏が大量に流し込まれたようで、少しでも動くと四人の均衡が壊れてしまう気がした。岩井は、この均衡を乱すのは自分ではなく、両親のどちらかでなければならないと思っているようだった。医師二人はまったく動かず、ただ小さい呼吸をした。

「では、せがれはもう死ぬということでしょうか」

急に父親が言った。隆治は初めて父親の声を聞いた。少しかすれていた。

四秒ほど間をあけて、岩井は言った。

「極めて厳しい状況、ということです」

「わかりました。ソーカン、とやらはしないでいいです。もうせがれは十分苦しみましたから」

思いのほかはきはきと喋る父親に、隆治は驚いた。

「わかりました。では、これからもやれることはやっていきますので」

「よろしくお願いします」

そう言うと、父親は母親を促して部屋を出た。母親は目の焦点が合わないようで、何もない宙を見ていた。

両親が部屋を出ると、岩井は、

「病状説明《ムンテラ》の内容、カルテに書いといて」

と言った。

「はい」

岩井も部屋を出ると、隆治はまたしても独房のような部屋で一人になった。白い壁が四方を取り囲み、窓一つない部屋。なるべく何も考えないように、隆治は電子カルテに打ち込んだ。

［ご両親に説明
「昨夜大量に嘔吐し、誤嚥性肺炎をきたした。挿管をしなければ酸素化が保てず死亡する可能性が高いが、挿管しても数日程度の予後延長が期待できるだけだと考えられる」
それに対してご両親は「わかりました。挿管はしないで結構です」とお返事。
挿管はしない方針とする」

それだけ書くとすぐに「確定保存」をクリックした。そしてまっすぐイシイの病室へ行った。

「失礼します」

隆治が部屋に入ると、両親はイシイのベッドサイドの丸椅子に座っていた。イシイはベッドの背もたれを起こした状態で目をつぶり、酸素マスクをつけて胸を上下させていた。右手にはナースコール用のボタンが握られていた。部屋にはシューという酸素が出る音だけが流れていた。

冷たかった。

た肋骨が見えた。隆治は胸元をそっと直した。手先がイシイの胸に触れた。じっとりと

にも見えた。大きく上下を続けるパジャマの胸元は少しはだけ、白い胸とごつごつとし

耳元で声をかけると、イシイは少し目を開けた。声は出せないが、少し微笑んだよう

「わかる？　イシイさん」

両親に軽く頭を下げると、隆治は部屋を出た。ナースステーションには岩井がいた。

隆治を待っていたようだった。

「悪いんだが、今日は泊まってくれるか」

「はい、泊まります」

「すまんな。んで、お看取りの時は呼んでくれるか。来れたら来るから」

――え、お看取り……？

「はい」

「じゃあちょっと外来行くから」

岩井はそう言うと、立ち去った。

――どういうこと？　もう今夜の急変とかありうるってこと？　そんな風には見えなかったけど……まさかそんなに差し迫った状況なのだろうか？

それさえわからない自分が情けなくなった。

――医者になったのに、そんなこともわからないのか……。

そういえば佐藤からも、同じようなことを言われた。自分にだけ見えていないものがある。その無力感は、イシイがもうすぐ死亡するという事実とともに迫ってきた。しばらくナースステーションに立ち尽くしていたが、誰も隆治には声をかけなかった。

*

その夜、隆治は仕事を終えると、拓磨の部屋に行った。病棟は消灯前だったが、すでに人の気配がなくナースステーションにも誰もいなかった。拓磨は個室にいた。

もう九時近かったからか、拓磨はベッドで眠っていた。集中治療室《ICU》で抜管し、その後はほぼ順調に経過していた。唯一の心配は、おならが出ていないことだった。おならは、事故と手術により麻痺した腸の動きが回復したサインとして重要だ。隆治はそれを佐藤から教わってからは、毎日拓磨のおならをチェックしていた。

隆治は拓磨の顔をじっと見ていた。すると、時々苦しそうに眉間に皺を寄せた。「うーん」と唸って手足を動かした。

――かわいそうに、苦しい夢を見てるのかな……それともお腹がまだ痛いんだろうか……。

拓磨の顔を見ながら、隆治はイシイのことを思った。同い年で、医者を目指し、お金がなくて浪人できず医者になれなかったイシイ。俺と同い年で、がんを患い、誤嚥して肺炎で亡くなっていくあの男の人生は、いったいどんなものだったんだろう。俺は今日、その男を看取るのかもしれない。

隆治はしばらく拓磨の寝顔を見ていた。

一時を回ったころだろうか。隆治は医局に戻った後、いつものように研修医室のソファで横になっていた。寝付けずに何度も体勢を変えていた。黒い革張りの古いソファで、右を向くと目の前に背もたれがあって圧迫感がある。左を向くと中空が感じられて、いつ落ちてもおかしくないような不安にかられる。真上を向くと、隆治はどうにも息がしづらい。いつもなら疲れですぐに眠ってしまうのだが、七分おきくらいに寝返りを打っていた。どれだけ冷房の設定温度を下げても暑くて仕方がなかった。

誰もいない研修医室には、ノートパソコンの置かれたデスクが並んでいた。研修医たちは、ノートパソコンの電源を落とさず、閉じもせずに帰宅していた。五つ並んだデスクのうち四つのノートパソコンはモニターの画面も明るいままだった。普段は気にならなかったが、この日ばかりはどうにも気になった。しかし他人のものなので、勝手に触るわけにもいかない。

四つ並んだ光を見ていると、不思議な気持ちになった。自分は暗闇の世界にいて、一つ一つのモニターの向こうには光に満ちた世界が広がっている。四つのモニターはそれぞれの扉で、そこには四通りの未来の自分がいる。まばゆい光を放つ、苦しみや悩み、失望とは無縁の自分がそこにいる。

一つ目は医者として高い能力を持っていて、どんな患者も正確に診断しすぐに正しい治療をする内科医。隣は外科医。腹がかちかちに硬くなり苦しむ患者を大急ぎで手術室に搬送し、見ているものを唸らせるような素早く美しい手さばきで手術をする。隣はなんだ。よく見ると自分が小さな女の子を肩車している。芝生の生えた庭で、白いチェアーにはつばの大きな帽子の女性が座っている。ああ、これは家庭だ。父になったんだ。

そしてもう一つは……。

考えているうちに、隆治は眠ってしまった。

ピリリリ　ピリリリリ

ＰＨＳが鳴った。

浅い眠りだったのだろう、隆治はすぐに白衣の胸ポケットに入っているＰＨＳを取り出した。時間は2：45と表示されていた。

「はい、雨野です」

横になったまま応答する。

「先生、病棟なんですが」

「イシイさん、心拍数《レート》が下がってきています、すぐ来ていただけますか」

「はい、すぐ行きます」そう言うと、隆治は急いで起き上がった。

――こんな急なんて、聞いてないよ……。

「あ、いや実はまだ40くらいあって。もともとずっと100くらいで頻脈《タキ》っていたので」

電話の向こうではリリリリリン、リリリリリンというアラーム音が聞こえる。

「あ、30になっちゃった。先生、やっぱり……」

「すぐ行きます」

そう言った時にはもう病棟に向かって歩き出していた。


薄暗い長い廊下。

夜の病院は、夏だというのにひんやりとして、眠気を吸い取ってくれる。廊下の隅の、じっと白い壁を照らす緑色の非常灯が、隆治の心を落ち着かせた。

病棟に着くと、夜勤の看護師が出迎えた。半分くらい白髪で、背の低いナースだった。

「先生。岩井先生のご自宅にもお電話しましたが、雨野先生にお願いしてくださいとのことでした」

「はい」

「なのでちょっと待っててください」

「はい」

何を待てばいいというのだ。

とりあえずナースステーションの椅子に座ると、見るともなしに電子カルテにログインした。イシイの名前をクリックしてカルテを開く。自分が少し前に書いた文章が表示された。

「ご両親に説明
「昨夜大量に嘔吐し、誤嚥性肺炎をきたした。挿管をしなければ酸素化が保てず死亡する可能性が高いが、挿管しても数日程度の予後延長が期待できるだけだと考えられる」

それに対してご両親は「わかりました。挿管はしないで結構です」とお返事。

挿管はしない方針とする」


少し早すぎる経過だ。が、おおむね説明通りの経過であることにかすかな満足を覚え、すぐにその満足を打ち消した。

――何を考えているんだ、俺は。

リリリリリン　リリリリリン
モニターのアラーム音が、深夜の病棟に響いている。このフロアだけで三〇人くらいの患者が今眠っている。ある者は手術《オペ》の創の痛みを堪《こら》え、ある者は睡眠剤にとっぷりと浸かり、ある者は忍びよる死に怯《おび》えている。そしてイシイは今、その短い生命を終えようとしている。

彼はこの「今回の」人生で、この世に何を刻み、その魂に何を刻んだのだろう。

ナースステーションから左右に延びる廊下は暗く、その暗闇はどこまでも続いているように見えた。


「先生」

さっきの年配のナースが急に後ろから声をかけてきたので、隆治はびくっとしてしまった。いつの間にか放心してしまっていたのか、もしくは座ったまま寝てしまっていたのかもしれなかった。

平静を装って「はい」と言いつつモニターに目をやる。「ASYSTOLE」という文字とともに心臓の電気運動の波形がフラットになっていた。心停止だった。

「フラットです。お看取りですが……先生、失礼ですけど手順は大丈夫ですか?」

「はい、これまでに何度か見ましたから」

実際のところ、隆治は一人でお看取りをするのはこれが初めてだった。

お看取りといっても、「死亡」というれっきとした診断である。間違えるわけにはいかない。医師にしか許されない診断行為で、患者に対しての、最後の医療行為だった。

それだけに、普段の診療に求められる正確性に加えて特別に「尊厳」を求められる、極めて特殊な行為だった。


「では、これを」

ナースは、隆治に黒くて太いペンライトを手渡した。少し古びていたそのペンライトは手に持つとずしりと重い。ざらりとした。

「それから、これも。時計はお持ちですか？」

「あ、いえ、忘れちゃいました」

ナースは黒い聴診器を渡し、それから自分の名札のところにつけている小さな時計を隆治に渡した。クマのキャラクターの顔をかたどった、まるで幼女が持つような時計だった。


「では、お部屋に行きましょう。ご家族はお揃いです。」

ナースが先行し、隆治はついて行った。ナースがノックして個室のドアを開ける。入り口の横に立ち、隆治に先に入るよう促した。

「失礼します」

部屋中の人が隆治の方を見た。五、六人はいるようだった。隆治は頭を下げた。部屋の全員が頭を下げた。

イシイは皆に囲まれていた。そして完全に生気を失っていた。かすかにも動かず、動きそうな気配さえ完全に失っていた。そして白い顔をいっそう白くさせていた。

隆治は一瞬、それがイシイとは別人のような気がした。

「それでは、確認をさせていただきます」

以前、先輩医師がやっていた時のことを思い出し、同じセリフを言った。

隆治はイシイに近づくとペンライトを取り出し灯りをつけ、閉じたまぶたを左手で開けた。イシイの目は隆治を見ていた。目が合うのは怖かった。隆治はイシイの眼球にペンライトを当て、瞳孔の対光反射《たいこうはんしゃ》がないことを確認した。手が震えていた。

開けた目を左手でそのまま閉じた。上のまぶたと下のまぶたがきちんとくっつかなかったので、もう一度左手でつねるようにして閉じた。

それから白衣のポケットにある聴診器を取り出し、イシイの薄い胸に当てた。何も聞こえなかった。間違ってはいけないと思い、じっくりと一〇秒くらいは聞いていた。背中に集まる視線が痛かった。

聴診器を耳から外し、ポケットにしまうと、今度はクマの時計を取り出した。

「では」

そこで初めて、取り囲む家族を見渡した。母親は目を真っ赤にして隆治を見ていた。父親は下を向いていた。

「対光反射消失、心停止、呼吸停止を確認しました」

時計にちらと目をやり、

「三時二四分、お亡くなりになりました」

隆治は頭を下げた。看護師も一緒に下げた。


うおーおーいおーい、戻ってこーい。

父親が大声をあげ、突然泣き始めた。つられたようにして何人かが声をあげた。

辛かったでしょうに、もう大丈夫だからね。

よく頑張ったね。

隆治は一〇秒ほど頭を下げていたが、耐えられなくなり頭を上げて部屋を出た。ドアが閉まる音がしないように、手を添えた。

涙は出なかったが、隆治はぼろぼろだった。ずっしりとした疲れの合間に、悔しさと悲しみがランダムに押し寄せた。

ナースステーションへ戻ると、

「先生、ありがとうございました。先生って、あんまりドクターらしくないですね。ひどい顔をしていますよ」

と年配のナースが言った。

「……え？」

「いえ、なんでもありません」

隆治はふうと息を吐き椅子に座った。

電子カルテを見ながら手書きの「死亡診断書」を書く。隆治は再び薄暗く長い廊下を歩いた。行きに見た緑色の非常灯は切れてしまっていて、「ジー」という音だけを発していた。

いつかどこかで聞いたことのある音――隆治は自分の中にある、一筋の弱く光る糸のようなかすかな記憶を手で摑もうとしたが、手が近づくと糸はすぐに消えた。

隆治は考えるのをやめた。またいつか必要な時が来たら、再びそれは姿を現すだろう。そう言い聞かせながら、研修医室で先ほど寝ていたソファに横たわった。

Part 5　都会

「おはよー！」

川村が医局のドアを開けた。隆治はまた医局のソファで眠ってしまっていたらしかった。川村が隆治の顔を覗き込む。

「今日もしんどそうねー」

「うん、真夜中にお看取りがあってさ」

隆治は横になったまま答えた。

「あ、その人知ってるよ俺。若い人だろ？」

川村は白衣に着替えながら言った。

「そう。終末期《ターミナル》だったんだけど肺炎であっという間でさ」

「そうなんだ。俺も前にちょっとカルテ見たけど、あれはまあ挿管しても無駄だしょうがないよ」

隆治はばねが弾むように飛び起きた。

おい、ちょっと待て。今なんて言った？

そう言いたかったが、喉で詰まって出なかった。しかし、驚いた顔をして右手を上げ、口をぱくぱくしている隆治を見て、川村が言った。

「死亡確認、夜中だったの？　いやあ、お疲れだね」

「ちょっと待って。挿管しても無駄だったかな？」

「うん、だってそうでしょ、終末期《ターミナル》だし」

終末期《ターミナル》。

「そうだけど。でもそれってちょっと」

一呼吸おいて、

「おかしくないか」

と言った。

だって、まだあんなに若いんだぜ。

「え？　マジで言ってんの？　アメちゃん、前も似た話したと思うけど……てか終末期《ターミナル》に挿管とか、時間とコストの無駄でしょ」

時間とコストの無駄……隆治はいつの間にか仁王立ちになっていた。

「なんでそんなこと言うんだよ。そんなことないだろ。可能性があったかもしれないじゃないか」

隆治が大きい声を出したので、川村は白衣を着る手を止めた。

「アメちゃん……どうしたの？」

「誰が無駄とか決めてんだよ。ふざけんなよ」

そう言ってから、

「どうもしないよ」

と付け加えた。なんとか自分を保ち冷静になろうと、息を一度吐いた。

「でもさアメちゃん。挿管って一度したら本人はあんなに苦しそうだし、しかも人工呼吸器つけなきゃならないだろ。つけたら二度と医者は外せないんだぜ。しかも医療費だって跳ね上がる。挿管して命が延びるんならいいけど、その見込みも薄いじゃないか」

隆治は黙っていた。

「医者がそれを冷静に考えなきゃ誰も考えないだろ？」

そんなことは百も承知だった。

「しかも主治医の岩井先生も挿管の適応はないって言ってたんだろ？　上司《うえ》がそう言うなら、俺たちには何もできないじゃないか。大人になれって」

「どういうことだよ。イシイさんはずっと頑張ってたんだよ、ご両親だって辛い思いばっかりして俺みたいな研修医に病状説明《ムンテラ》されて嫌な話ばかり聞かされて、それでも頑張ってたんだよ。だったら最後までフルにやったっていいじゃないか。ふざけんな」

隆治は両手の拳を強く握り締めるとそう叫んだ。早朝の医局で、隆治はぼろぼろ泣いていた。

川村は半袖の白衣に腕を通すと、

「アメちゃん……ごめん」

と言った。

声もなく涙をこぼす隆治を見て川村は少し微笑むと、

「昨日だったんだもんな、お看取り。ごめんな」

そう言って隆治に近寄ると、肩に右手を置いて、

「無神経だった」

と川村は言った。

「俺がどうかしていた」

「いや、ごめん」
そう言うのが精一杯だった。

*

その日はずっと雲の上を歩いているような感じだった。現実ではない。これは精巧に作り込まれたオペラで、自分は舞台の上で演じる役者なのだ、とさえ思った。仕事中に少しでも手や頭を止めると、死亡確認の聴診器を当てた時の、イシイの冷たい皮膚の感覚が手に蘇った。だからなるべく手を止めないようにしていた。しかしあいにくこの日は手術がなかったので、何度も思い出さざるを得なかった。

隆治は、精神も肉体も疲弊しきっていた。もう何日病院に泊まり込んでいるだろうか。しかも寝る時はいつも医局のソファで落ちるようにして寝ている。

仕事を終え、一日の最後に拓磨の顔を見ておこうと思った。病室に入ると、拓磨はまた眠っていた。いくらか顔色が悪いような気がした。この日はあまり唸り声もなく、手足も動かしていなかった。

——拓磨くん、イシイさん死んじゃったよ。

声を出さずに拓磨に話しかけた。

——俺にはどうしようもなかったんだ。

拓磨が少し右手を動かした。

——ごめん、イシイさん。

隆治は、静かに泣いていた。

＊

数日後。

珍しく仕事が早く終わり、隆治は七時には医局に戻っていた。自分のデスクで手術書（手術の手順の教科書）を読んでいると、すでに私服に着替えた川村が話しかけてきた。

「な、アメちゃん元気？　今夜暇？」

「え？　うんまあ……昨日当直だったからあんまり元気じゃないけど」

もしかして飲みの誘いだったら今日は眠くて辛いな。

「実はさ」

川村がもったいぶって、隆治の耳元に顔を近づけると、

「今日、合コンなんだけど、行かない？」

と小声で言った。

「え、合コン？」

合コン。

隆治がちょっと困った顔をしたので、川村はすかさず、

「シーエーなんだけどさ、お相手。行こうよ」

と言ってきた。

「シーエーって何？」

真面目な顔で聞かれたので、川村は驚いた。

「え……アメちゃん知らないの！　シーエーだよシーエー、キャビン・アテンダント！

空飛ぶ人たちだよ！」

「あ、スッチーか」

「最近はスッチーとか言わないんだよ、ＣＡって言うんだよ」

「そうなんだ？」

「だから行こうぜ、医者といえばやっぱりＣＡとの合コンだよ」

「それは……うん……」

　昔からドラマや漫画でそういうシチュエーションは見たことがあったから、隆治も同意した。

「だから行こうぜ」

「う、うん……」

　――行ってもいいのかな。CA……。

　この数日、あまりに濃すぎる。ほんの数日前、イシイのお看取りをしたばかりではないか。

　それに加えて、合コンなんてほとんど行ったことがないし、しかも相手が飛行機の中でしか見たことのないスッチー、いやCAだ。都会の女性に、きっと田舎者の自分は打ちのめされるに違いない。第一何を話せばいいのだ。正直、会ったって相手にされないだろう。落ち込むに違いない。そしてきっと、川村はうまいことやるのだろう。

　そういう劣等感をぬぐうためには、行った方がいいことはわかっている。シーエーとはいえ、多分同じ人間だ。まったく話が通じないわけじゃないだろうし、話したらわかってくれる気もする。

「どうしよう」

「え、迷ってるの？　もしかして今日もここ泊まるつもり？　何連泊なの？　合宿なの？」

「いや、そうじゃないけど……何話していいかわかんないし……こないだお看取りもしたし……」

隆治は正直に言った。すると川村は、

「大丈夫、俺がなんとかするから。お看取りとか関係ないでしょ。何言ってんの。じゃ決まりね！　実はちょうど人数が一人足りなくて困ってたんだよ、ありがとね！」

と言って歩いて行ってしまった。

「ちょっと待って、俺……」

川村の背中に言うと、振り向かずに、

「着替えてきてね、病院の玄関で待ってるよん」

と言いながら川村は医局から出て行ってしまった。

――相変わらず強引だな……ま、仕事も終わってるし、行ってみるか。川村は前から飲もうって言ってくれてたし。同期との仲を深めるのも、きっと大切な仕事だろ。

病院を出る前にちらっとでも拓磨の顔を見たい気もしたが、川村はすでに待っている。

隆治は拓磨のところへ行くのを諦め、急いで着替えて病院の玄関へ向かった。

「さすがアメちゃん。できる男は決断も早いね！」

「いや、俺は……でも……やっぱり……」

まだごにょごにょ言っている隆治を尻目に、川村はタクシーを停めていた。二人で乗り込むと川村は、

「銀座に！」

と元気よく行き先を告げた。

＊

お店に着くと、「創作和食屋」という、よくわからない看板が出ていた。和食を創作するってどういうことだろう、と隆治は思った。

通された奥の個室のテーブル席にはすでに二人の男性と、四人の女性が座っていた。

——こ、これが東京の合コン……。個室なんだ……。

「ごめんごめん、手術《オペ》が長引いちゃってさあー！」

「すごーい、手術《オペ》とかカッコイイ！　ドラマみたい！」

女性の一人が甲高い声をあげた。

――あれ、今日は川村、手術《オペ》なかったはずじゃあ……。

そう思ったが隆治は黙っていた。

「気にすんなよ、ちょうど今女性たちも来たところだから」

と一人の男が言った。真っ黒な短髪に彫りが深い目をし、日に焼けた肌のその男は、花柄でやたら丈の短いズボンを穿いていた。膝が丸出しだ。

「初めまして」

そう言いながらその男は隆治に握手を求めてきた。隆治は動揺しつつも、

「あ、初めまして」

と言い、その男の手を握った。初めて会う人と握手をしたのはこれが初めてだった。

もう一人の男性は黒いラインが一本入った白いワイシャツにスーツのズボンを穿いていて、奥から、

「どうも隆治さん、初めまして」

と会釈した。

川村と隆治はテーブルの手前に座った。ちょうど男四人が並び、テーブルを挟んで女性四人が並んで座る格好になった。隆治は、他の男三人の洗練された服装に比べ、チノパンにシャツというういでたちの自分が恥ずかしかった。

「あ、これじゃあお見合いパーティーみたいだから、交互に座ろうよ」

という川村の発案で、男女は席替えをして互い違いに座った。

やがて店員がシャンパンのボトルを持ってきた。

――一杯目はビールじゃないのか……。

隆治はそれにも面食らった。

「それじゃ、みんな泡《あわ》持った？　いいね、じゃあヒパヒパー！」

川村がグラスを高く上げた。

「ちょっと待てよ、なんだよヒパヒパって！」

短髪色黒花柄パンツがつっこむ。

「ああごめん、ハワイ語出ちゃった」

女性たちは「何それー」と楽しそうに笑っている。「じゃあシャンパンだからフランス語で」と川村は前置きし「チンチン！」そう言うとグラスを少し上げて乾杯した。

（チンチンってフランス語なんだ……しかもグラスぶつけないのか）隆治はそう思ったが小さめの声で「チンチン」と言った。すると、

「なにー、小声でやらしい！」

と隣に座った女性が隆治の背中を叩いた。

「えーでもこないだパリでパーティーした時、みんなはSanté《サンテ》!!って言ってたわよ」

「へーそうなんだ？　シャルル・ド・ゴールも行くんだ？」

川村がすぐに返す。

――そうか、この女性たちは日常的に飛行機に乗る客室乗務員だった。国際線とかにも乗っているんだろうか。

しばらくして料理が来た。川村はまるで司会者のように、

「それじゃ、自己紹介しようよ。簡単にね！　アメちゃんからいい？」

と隆治を指差した。

「え！」

いきなり指名された隆治は固まってしまったが、すぐに「わかった」と言った。

「では、自己紹介させていただきます！」

と大声で言い、ぱっと立ち上がった。

――もうヤケクソだ……。

「え、立って自己紹介する人初めて見たー！」「超面白ーい！」「好感度高い！」

無視して自己紹介を始めた。

「雨野隆治、二五歳、鹿児島県出身、実家はさつま揚げ屋です！　この四月に」上京し

て、と言いそうになったが、

「東京に来ました」

と言い換えた。みな隆治を見ている。隆治は視線に耐えられず、

「自分は今、研修医として勉強中です！　将来は外科医になりたいです！　以上！」

と言うと右手に持っていたシャンパンを一気に飲み干し、座った。一瞬シーンとなったかと思うと、次の瞬間、テーブルは爆笑に包まれていた。

「何それ、アメちゃんウケる！」

「実家とか面白いー！」

川村や女性たちが笑っている。隆治はなぜ笑われるのかもよくわからない。

大学時代に二、三回行ったことがある合コンは大衆居酒屋だったし、酒はビールか芋焼酎のロックだった。この会とは勝手も雰囲気もまったく違う。気づいたら隆治は酒のせいか、恥ずかしさからかわからないが顔が真っ赤になっていた。

「アメちゃんありがとう、アメちゃんは僕の病院の同期なんだ。天才外科医だよ！」

隆治の向かいの女性が「外科医！　じゃあ切るの？」と言い、その隣の女性が「ブラック・ジャックなの？」と笑った。隆治はあやふやに笑うだけで、答えなかった。

「じゃあ次ね、ヨシくんよろしく」

次に指名されたのはあの短すぎる花柄ズボンの男だった。

「どうも、ヨシです。僕はダイリテンで働いてて、普段は青山あたりで飲んでます。えーと年齢は、いくつに見える？」

「えー、三〇？」

「ブー、もうちょい若いよ、正解は二八。彼女探してます、よろしくね！」

ダイリテン。いったい何を代理しているんだろう。旅行だろうか、保険だろうか？後で聞いてみよう。

「ヨシくんありがとう。ヨシくんはすごいんだよ、東大出てて、あとポルシェ乗ってる」

と川村が嬉しそうに言った。

「えーすごーい！」

「ポルシェ乗りたーい！」

東大、ポルシェ、花柄ズボン、そしてかなりのイケメン。隆治の頭の中ではどうしてもその四つを同じカテゴリーに入れるのが難しかった。きっとダイリテンが儲かっているのだろう。最近海外旅行する人が多いらしいしな。そう納得した。

「じゃあ次ね、KJ《ケイジェイ》よろしくー！」

いきなり横文字になったので、隆治はまた驚いた。

「どうも、ＫＪです。僕はショーシャで働いていて、昨日ニューヨークから帰国しました。同じ便に乗ってた子、いたかな？」

すると女性たちはお互いの顔を見ながら、「昨日は私オフだったから」「私も待機」「シンガポール行ってた」と口々に言った。ＫＪという横文字の名前も、ショーシャも隆治にはわけがわからなかった。

それから女性たちが一人ずつ自己紹介をした。隆治には名前を覚えるのがやっとだった。みな一様に背が高く、すらっとしていて黒髪で、明るい色の口紅をし、睫毛がくるりと上がっていた。そしてみんなノースリーブの服を着ていた。隆治にとって初めて話すＣＡという人種は正直、誰が誰だか区別がつかなかった。

四人の中でただ一人、「普通のＯＬです」と言う女性がいた。「はるか」と言い、ノースリーブではなく肘まで袖があるワンピースを着ていた。長い髪は少し茶色く、四人の中で一番色白だった。

自己紹介が終わると、あとは自由にしていいようだった。隆治は創作和食という食事をつまみながら、ぼんやりとビールを飲んでいた。目の前ではきらびやかなＣＡ女性たちと、川村やヨシくんやKJが多様な話をしていた。今期一番面白いドラマや、芸能人の不倫スキャンダル、好きな芸能人、彼氏や彼女がいない歴、そんな話題が眼前を銃弾のように飛び交っていた。流れ弾に当たってはいけない。隆治は不用意に戦場に入らないよう気をつけた。

CA女性たちは、隆治にはまったく興味を持っていないようだった。たまに申し訳程度に川村やヨシくんから話を振られると、努めて無難かつ無意味な発言をした。テーブルの上の創作和食も、好きなタレントも、不倫スキャンダルも何もかもが虚《うつ》ろだった。隆治は病院に帰りたいと思った。やはり来るべきではなかったのだ。

飲み会が始まって一時間くらい経っただろうか。隆治は思考がまとまらないのを自覚した。その理由は、隣に座る名前も忘れた女性が、

「先生、次のお飲み物は何になさいます？」

と、まるで機内のような聞き方で尋ねるため、生ビールを三杯、四杯と飲んでいたからだろうか。それともあまりに自分の世界と乖離《かいり》したこの場に馴染めず、無自覚のうちに意識を下げていたからかもしれない。あるいは、自分の心を病院に置き忘れてきたのだろうか。

だから、話を聞いているようでいて聞いていない、笑っているようでいて笑っていない顔をした。世の中にもし「平均の人」がいたらこんな顔をするだろう。ここに来ると決めたのは自分なんだからしょうがない。うまくみんなと楽しめないのは、田舎者だからだ。

ふう、と息をついた時、一人の女性と目が合った。一人だけOLだと言っていた「はるか」だった。彼女はテーブルの対角線上の、隆治からは一番遠い席に座っていた。隆治が見ていると、彼女もどうやらこのテーブルの同調から滑り落ちてしまったようだった。どこも見ていない様子のはるかを見ると、いくらか心が安らいだ。

もしかしたら、彼女も同じように和んだのではないか。話しかけたかったが、物理的に席は遠すぎたし、何よりみんなの前で話しかけるなど隆治にはできなかった。目ざとい川村が感づき、気を利かせて席を替わってくれるのではないか。そう期待してちらと川村を見ると、本当に、

「あれ？　アメちゃんちょっと喋ってなくない？　はるかちゃんのとこ行ってよ、ちょっと」

と言った。強引に隆治ははるかの隣に座らされた。

多少酔っていた隆治は、持参したビールのグラスを持ったままはるかに、

「こんばんは」

と言った。グラスの手は震えずに済んだ。

「こんばんは」

はるかはちょっと笑った。

「あんまりみんなと喋らないんですね」

「ええ、私あんな風に面白いこと言えないので」

「すごい盛り上がり、ですね」

「そうですね」

隆治はビールを一口飲んだ。

「お酒、強いんですね」

「え、ああ、ちょっとは。鹿児島の出身なので」

隆治はそう言うとまたビールを一口飲んだ。はるかは、オレンジ色のカクテルか何かを飲んでいるようだった。

「あの」

はるかが急に目を見てきたので、隆治は驚いた。

「私ずっと聞きたかったんですけど……お医者さんって、大変なんですか?」

――え、いきなりなんだろこの質問……。

「うーん、まあまあ、ですかね」

――大変だけど、そんなこと言ったらみんな大変なんだろうしな……。

「あっ、すいません。私、お医者さんとこういう風に会ったの初めてで、ずっと聞いてみたくて」

「いいですよ」

隆治はなぜ聞きたかったのかを質問したかったが、初対面なので聞きづらく黙っていた。その代わり、

「でも、わからないけど、どんな仕事も大変ですよね。あ、はるかさんってどんな仕事してるんですか？」

と尋ねた。

「そうですよね……。いきなり失礼なことを聞いてしまってごめんなさい。えと、私は、教育関係の会社で営業の仕事をしています」

聞いておいて、隆治は困ってしまった。「教育関係の会社」は一つも知らないし、「営業の仕事」もまったく想像がつかない。営業といったら実家によくやってきていた新聞の勧誘しかわからない。何かを売っているんだろうか。

「その、はるかさんのお仕事って、大変なんですか?」

「え……えと、まあまあ、ですね。これじゃ同じですね」

そう言うとはるかはクスッと笑った。笑うと目が線になる。

「あの、先生、のこと、なんて呼べばいいですか?」

「え。えと……アメちゃんでも、隆治でも、リュウちゃんでも。なんでもいいです」

「そっか、幹事の人からアメちゃんって呼ばれてましたもんね。リュウちゃんって何それ、かわいい」

はるかはまた笑った。また目が線になる。

「川村が、あ、あの幹事ですけど、あいつが最初僕のことを呼んでたんです。リュウちゃんって。でも合わないからって、アメちゃんになりました」

「へー、仲いいんですね! じゃあ私もアメちゃんがいい」

「あ、ありがとうございます」

「それと、タメ語でもいいですか? 私アメちゃんより年下だけど」

「え、ああ、いいですよ」

「あと私のこと、はるかさんじゃなくてはるかでいいですからね」

——い、いきなり名前を呼び捨て……東京の人はすごいな……。

「は、はい。でもそんな呼べないから……じゃあ、はるちゃんでもいいですか？」

「いいよ。でも『ですか？』はやめてね、アメちゃん」

いきなりはるかがあだ名で話してきたので、隆治は緊張した。それでも、あのCA女性から「先生」と呼ばれるよりずっとよかった。

「え、あ、うん」

「で、アメちゃんはいつからお医者さん？」

「え、四月からだよ」

「そうなの！　じゃあ新人さんだね！」

「うん。あ、でも新人さんじゃなくて、研修医って言うんだよ」

「あ、それ聞いたことある！」

しばらく二人はそんな会話を続けた。

テーブルの向こうでは、いつの間にかよくわからないゲームが始まっていて、何人かが手を叩いていた。

「……で、はるちゃんはさ、さっきなんで医者は大変？　って聞いたの」

「あ、ごめんなさい……」

「え、あ、別に全然構わないんだけど、その、なんでかなって」

はるかはしばらく無言のまま、グラスの汗を親指でぬぐっていた。

――あれ、なんかまずいこと聞いちゃったかな？

時間にしてほんの四、五秒のことだったが、隆治にはずいぶん長く感じられた。

――こういう時、どうすればいいんだろう。川村だったらどうするんだろう。

「あのね、実は」

はるかが隆治を見て言った。

「私、お母さんをがんで亡くしてて」

隆治は驚いたが、はるかは間をあけず話し続けた。

「八年くらい前だったの。胃がんだったんだけど、見つかったらもうすごく進行していて。肝臓とか肺とかに飛んじゃってたんだ。手術して、抗がん剤とかやって、それでも二年くらいでダメで」

はるかは続けた。

「それで、その時のお医者さんがすごくいい先生だったの。まだ若そうだったんだけど、毎日毎日何度も必ず病室のお母さんのところに来てくれた。それでどうですか、痛くないですか、困ったことあったらなんでも言ってくださいね、なんでもしますからって言ってくれたんだ」

隆治はうなずいた。

「『なんでも言ってくださいね、なんでもしますから』なんて、お医者さんは便利屋さんじゃないんだからそんなこと言うなんて面白いなと思ったのよ。でもね、お母さんは本当になんでも言ってたの。私のお母さんって、とても変わった人だったから」

他の六人は大騒ぎを続けている。

「なんでもって？」

隆治が口に手を添えて、大きな声で言った。

「うーん……痛いとか、夜眠れないとか、悪夢を見たとかは普通に言ってた。他にも、先生の小さいころのお話をしてくれとか、サインしてくれとか、写真撮ってくれとか」

――サイン！　写真！

「クリスマスに家に帰れなかったお母さんは、先生のサンタの格好が見たいなんて言ったのよ。そしたら本当にその先生、サンタの着ぐるみを着てきてくれたの」

はるかがおかしそうに笑ったので、隆治は少しホッとした。

「へー、面白いね。その先生、すごいね」

「うん。だから、きっとお医者さんって大変なんだろうと思って聞いちゃったのよ。ごめん」

「あ、気にしないで！　そんなお医者さんの話が聞けてよかったよ」

「ありがと。アメちゃんは優しいのね。あの先生と同じ……なんて言ったかな、あの先生の名前……イワタ……いや、イワイ先生だったかな……」

──え？

「はるちゃん、イワイって言った？」

「うん、たぶんイワイ先生。すごく大きくて」

「ちょっと待って、その先生ってもしかして背の高い先生？　ごつごつした岩に、井戸の井って書く岩井先生？」

「うん、そうそう！　すごい、なんで知ってるの！」

「え、いや、ひょっとして、病院ってどこだったの？」

「牛ノ町病院だよ。近所だから」

「え！　俺が勤めてる病院だよ！　じゃあその岩井先生って俺の上司だ！」

その瞬間、隆治は岩井のいくつかの言葉を思い出していた。

拓磨を集中治療室《ICU》で抜管しようとしてできなかった時、「もしかすると負け戦かなあ井。


ー」と言った岩井。

九四歳の胃がん患者について、「BSCを考えております」と言い切った岩井。

そして隆治と同い年の大腸がん患者、イシイの親に「長くてだいたい一カ月。早ければ週の単位の可能性もあります」と言った岩井。そして「挿管の適応なし」と決めた岩井。

隆治は正直、岩井のことがあまり好きになれなかった。患者への温かみを感じないし、無神経な言葉が多い。「自分はああはなりたくない」とさえ思っていた。

しかし、岩井はこの目の前にいるはるかの母の主治医で、しかも患者である母に「なんでも言ってくださいね、なんでもしますから」と言ったという。そして本当になんでもしていて、クリスマスにはサンタの格好までしたらしい。

隆治はかなり混乱したが、平静を装った。

「そうなんだ、よかったね！　あの先生優しいからね」

「でしょ！　でしょ！」

そう言うと、はるかは嬉しそうにグラスを口につけた。

「なんだか嬉しいなあ。久しぶりに人にお母さんの話した。ごめんね、なんか変なこと話しちゃって」

「ううん、いいよ」

「でも、アメちゃん他人とは思えなくなってきたなー!」

そう言ってはるかは笑って隆治を見た。どきっとした。

「ね、またご飯食べに行こうよ。私、アメちゃんの太い眉毛好き」

はるかが言った。

——都会の女性はすごい……。

そう思いつつ、

「うん、行きましょう」

と隆治は言った。またカチコチに緊張してしまった。もっとはるかの母と岩井の話も聞きたいし、何より彼女はキュートだった。東京に来て数カ月、ずっと病院で寝泊まりするような生活の隆治にとって、十分すぎるほど刺激的だった。

「今日はみんな、ありがとう! お店が時間なのでそろそろ出ましょう!」

酔っているのか、真っ赤な顔の川村が陽気な声で言った。みな名残惜しそうに席を立ち、店の外に出た。隆治が携帯電話を見ると、時間は一一時を過ぎていた。

店を出たところで、川村が、

「今日はあらためてみなさん、ありがとう。連絡先はまとめて幹事同士で交換するんでよろしく」

と言った。そのような方式なのだな、と隆治は思いつつ、はるかをちらと見た。CAたちに交じるとはるかは一人だけ小さく、地味に見えた。

はるかともう少し話したい。声をかけようとごく自然に近づいたが、はるかは「じゃあまたね、連絡してね、アメちゃん」と小声で言うと、あっさり歩いて行ってしまった。ばいばーい、と男三人は肩を組みながら女性たちに手を振っていた。酔っているのだろうか。川村は隆治に、

「アメちゃん今日はありがとね！　誰かいい子いた？　あのOLの子、アメちゃんといい感じだったよね！」

と一方的に言うと、

「俺たちちょっと別件がこれからあるから、じゃあまたねー！」

と言って肩を組んだまま歩いて行ってしまった。三人とも結構な千鳥足であったが、それさえ都会的に見えた。いったいどんなツテで川村は彼らや彼女らと出会っているの

だろうか。今日、隆治は初めて「都会」のイメージを縁取りした。が、そのことは、都会への憧れを「自分は所詮田舎者なのだ」という諦めに替えただけだった。

隆治は銀座の街をどこへともなく歩いた。この街には何度か来たことがあったが、地理はまったくわからない。

歩いていると、楽しそうに酔っ払ったスーツ姿のサラリーマンたちや、ものすごく高いピンヒールを履いた女性とすれ違った。彼らはみな自分とは違う世界にいる、と隆治は思った。

俺は病院という閉じた世界に住み込んで働いている。彼らは開かれた街の開かれた人々だ。いつの日か、自分もあんな風に銀座を歩くことがあるのだろうか。

そんなことを考えながら、あてもなく銀座の街を歩き続けていた。

*

小一時間は歩いただろうか。いつの間にか、東京の街は静かな霧雨に包まれていた。

不意に隆治の携帯電話が鳴った。画面に表示された番号は知らないものだ。

「はい、雨野です」

「すみません、牛ノ町病院外科病棟の吉川ですけど、雨野先生ですか？」

「あ、吉川さん、雨野です」

――なんだろう、病院を出る前は患者さんはみんな落ち着いていたけど……。

「先生、何度か電話したんだけど……」

「えっ！　何度か電話を？　すみません……」

――なんてことだ。気づかなかったなんて……。

「拓磨くんのことで。拓磨くん、さっき吐いちゃって、ぐったりしちゃってて。酸素飽和度《サチュレーション》が下がったので、酸素を五リットルで始めたわよ。先生、早く来て」

「わかりました」

吉川は、いつになく慌てている様子だった。

ちょうど近くに停まっていたタクシーに飛び乗ると、病院へと向かった。

病院に着くと、暗い廊下を走って医局に向かった。誰ともすれ違わなかった。

医局で白衣を掴み、さっとはおった。急いで病棟に向かおうとしたその時、壁に掛けてあった鏡に自分の顔が映った。

隆治の顔は、どこをどう見ても赤かった。これでは酒を飲んできたのがバレバレだ。

隆治は少し考えてから、洗面所で顔を洗い口をゆすいだ。

病棟へ着くと、灯りの眩しいナースステーションには誰もいなかった。夜間は、三〇人いる患者に対して夜勤のナースは三人しかいない。隆治はナースステーションを突っ切って拓磨の部屋へ急いだ。

拓磨の部屋へ近づくと、人の声が聞こえた。

引き戸のドアは全開になっていた。暗い部屋で拓磨のベッドのところだけから灯りが漏れている。

「じゃ挿管するぞ」

隆治が入ると、ちょうど岩井が拓磨の口を大きく開けて挿管するところだった。隣には先輩医師の佐藤と二人のナースがいた。

――いったい何があったんだ??

隆治は混乱した。

「はいオッケー、チューブをテープで固定して、人工呼吸器繋いで」

そう言うと岩井は顔を上げ、隆治を見たがすぐに目を離した。

近くにいたナースが「あ、雨野先生」と言ったので、佐藤は隆治の存在に気づいた。

――やってしまった……上の先生より後に到着するなんて……。

「遅い」

佐藤が淡々と言った。

「すみません！」

隆治は急いで手袋をはめると、処置を手伝おうとした。

「もう全部終わったよ」

そう言った佐藤の手の下には、またしても口から管を入れられてしまった拓磨の顔があった。唇はチューブのせいで右に引っ張られ、顔が歪んでいた。口の周りには痰か吐物かわからないものがついていた。

「集中治療室《ICU》行くよ、連絡して」

佐藤が抑揚のない声で言った。

「はい」

どうやら拓磨は夕方に一度吐き、その後夜にもう一度吐いたようだった。吐いたものが気管に入り、「誤嚥性肺炎」を起こした。そのせいで急激に呼吸状態が悪くなったのだ。

病院を出る前に拓磨をちらっとでも見て行くべきだった。嘔吐の報告も受けられただろう。そうすれば、挿管や集中治療室《ICU》行きを回避できたかもしれない。

拓磨をベッドごと集中治療室《ICU》に連れて行き、人工呼吸器の設定や鎮静剤の指示などが一通り終わると、隆治は佐藤に謝罪した。

「先生、今日はすみませんでした」

佐藤は電子カルテのキーボードを叩いていたが、隆治の声で手を止めた。

「雨野。研修医なんだから、呼ばれたら一番に来ないとダメでしょ」

声は穏やかだった。

「はい、すみません」

「それと、今日夕方に患者のこと見なかったの？」

「はい、忘れてしまいまして……」

「今日私と岩井先生は長い手術《オペ》で、それが終わったら研究会で、すぐに出なきゃならなかったのは知ってたよね？」

「……はい」

――そうだった。今朝、佐藤に「今日は岩井先生と研究会行くから早めに上がるよ」と言われていたんだった。

――あれは、夕方は患者を一人で見ておけよという意味でもあったのか。

「だけど見なかった。そりゃ報告しないナースもナースだけど、見に行かないのが悪い」

「はい」

「見ていたら、そして嘔吐を知っていたら私は胃管を入れた。そうすればこんなひどい誤嚥は防げたかもしれない」

「……はい……」

「もちろん先生に任せた私も悪い」

佐藤は淡々と続けた。

「しかし、研修医といっても医者は医者。同じ医師免許一つでやってるんだよ、私も岩井先生も」

隆治はうつむいた。

「医者はね、ミスすると患者を殺す仕事なの。それも、一度のミスで。雨野はすごく拓磨くんのことを頑張っていた。病院に寝泊まりしていたのも知っている。それでも、嘔吐を見逃して彼は集中治療室《ICU》に再入室した。医者はそういう仕事なんだ」

「は……い……」

涙を堪えるので必死だった。

「学生気分なら、辞めな。私も岩井先生も命懸けなんだ。医者が命懸けでやらなきゃ患者さんは助からない」

と佐藤は言うと出口の方を向いた。

「はい。すみませんでした」

そう佐藤の背中に言うと、涙がぽたりぽたりと集中治療室《ICU》の床に落ちた。

「じゃ、あとよろしく」

そう言って佐藤は出口へ歩いて行った。

集中治療室《ICU》を出る直前、佐藤は振り返り、

「それと、飲んだ後病棟に来る時はマスクを着けるように」

と言ってすたすた出て行った。

隆治は涙した。情けない自分に悔しくて涙が止まらなかった。

しばらくの間、集中治療室《ICU》で隆治は拓磨の顔を見続けていた。

二度目の挿管を余儀なくされた拓磨は、幸いなことに次第に呼吸状態がよくなってい き、今度は一週間ほどで抜管できた。隆治はあの日の反省から、また医局に泊まり続け た。そして一日に二回か三回は必ず集中治療室《ICU》の拓磨のもとへと足を運んだ。どんなに 忙しい日でも欠かさなかった。

夕方五時。

その日は少し早めに手術が終わった。

隆治は手術着から白衣に着替えると、真っ先に拓磨の病室に行った。二回目の抜管か らすでに一週間が経っていた。拓磨はもう集中治療室《ICU》ではなく、外科病棟のリカバリー 室ですらなく、子どもだということで小児科の病棟に移っていた。

脊椎の骨折があるため、身長一メートルを少し超えたばかりの小さな体に合ったコルセットが装着されていた。拓磨のお腹には大きな縦一本の手術創があるため、お腹部分のど真ん中だけ開けた特注品だった。


「こんにちは」

隆治がカーテンからひょいと顔を出すと、拓磨はベッドに横になっていた。ベッドサイドには父親が座っていた。父親は髭をきれいに剃っていた。

「あ、先生、どうもお世話になっています」

父親が立ち上がって深くお辞儀をする。

「あ、こちらこそ」

隆治は頭を下げた。

「せんせー、ごはんたべたい」

拓磨が言った。手術から二カ月近くが経とうとしていたが、まだ食事は開始していなかったのだ。肺炎を起こしたり挿管をしたりしていたため、腸の動きがずっと麻痺していたのである。

「そうだよね、拓磨くん、ごめんな。もう少しでご飯出せると思うんだけど……」

隆治はそう言うと頭をかいた。

「あはは、せんせーまたあたまかいてる！　あのね、せんせーはいつもあたまをかくんだよ」

と拓磨は父親に楽しそうに報告した。

「すみません、先生。こらたーくん、失礼だよ」

そう言うと父親は体を小さくした。


拓磨は毎日顔を出す隆治にすっかりなついていた。この日はずいぶん調子がいいようだった。調子が悪い日には、彼は一日中顔をしかめて横になり、うーん、うーんと唸りながら寝たり起きたりを繰り返していた。苦しそうで、見ていられない時もあった。そんな時はちらっとベッドサイドに来て覗き、後の情報は看護師から得るのであった。

一度隆治が仕事を終えて夜遅くに拓磨のベッドサイドに来た時、しばらく寝顔を見ていたことがあった。消灯時間の過ぎた静かな夜の病棟で、五、六分も見ていただろうか。

拓磨はコルセットのせいで打てない寝返りの代わりに手足をばたつかせ、

「ううーん……ママ……ママー……」

と寝言を言った。

彼はまだたった五歳の子どもなのだ。なのに気づいたら腹を切られ、親とは離れ離れ。家には帰れず、毎晩一人ぼっちで見知らぬところにいるのだ。

そんなことさえ、忘れかけてしまっていた。

父親は毎日見舞いに来るが、母親には事故以来一度も会っていない。母親は整形外科病棟に入院していると岩井から少し聞いていたが、どこにいるのかは隆治にはわからない。もう二カ月も顔を見ていない息子に、しかも生死をさまよった息子に会いたいに違いない。

隆治にはまだ妻も子もいないから、親子の愛がどんなものかはわからない。自分の親のことは、東京に来てからほとんど思い出しもしなかった。田舎の、さつま揚げを揚げて生活の糧を得る大人二人。何十年も同じ仕事をやり、世間の景気や流行り廃《すた》りに翻弄される、濁流に揉まれる木の葉のような経済力。

隆治は研修医になってから、医師や弁護士、一流企業のサラリーマンなどのいわゆる「立派な」親を持つ同僚に会った。そのたびに、両親のことを恥ずかしく思った。だから、自分が親のことを愛しているとは到底思えなかった。親が自分のことを愛しているかどうかはあまり考えたくなかった。

しかし、この一家は自分の一家とは違う。きっと違う。

「お父さんすみません、ちょっと拓磨くんの診察をさせてください」

そう言うと、父親はカーテンの外へ出て行った。

「ごめんね、ちょっとお腹触ってもいい？」

「いいよ、いたくしないなら」

「うん、今日は痛くしないよ」

隆治は拓磨の小さなボーダー柄のシャツをめくり上げて、コルセットの隙間から、拓磨のお腹を見た。そのプラスチック製のコルセットにはいくつもの穴が開いていたので、その穴から触診ができた。創には縫った糸がめり込み、肉をはみ出させている。ピンク色の肉が目に鮮やかだった。

――創の感染はないな。

そして隆治がお腹を叩く「打診」を行うと、拓磨のお腹は、
ボーンボーン
と太鼓を叩いたような音がした。腸が三倍にも四倍にも拡張して、中に空気を溜め込んでおり、そのせいで叩くと共鳴してこんな音がする。医学的にはこれを「鼓音《こおん》」と呼ぶ。これは腸がまったく動いていない証拠であり、とてもじゃないが食事を出すどころ

ではない。吐いていないのが不思議なくらいだ。

——まだ全然ダメじゃないか。

「はい、ありがとう」

とにっこり笑って、拓磨のボーダーシャツを下げた。

「ちょっとまだわからないんだ、拓磨くん、ご飯がいつになるか」

拓磨は黙って聞いている。

「病院に来た時に手術をして、そのせいでお腹の中の腸という管が、これは普段は勝手にうねうね動いて食べ物をウンチにしてくれるんだけど、そのうねうねが今はなくなっているんだ。マヒしているんだ」

隆治は正直に言った。小児科はまだ回っていなかったが、大人と同じように丁寧に説明した。そうするべきだ、と思っていたし、小児と接したことがほとんどないから、他にどうすればよいかわからなかったということもあった。

「手術のせいでマヒは起きるんだけど、もしかしたらもう一度手術が必要になっちゃうかもしれない。岩井先生とかと相談して決めるね」

そう言うと、隆治はしゃがんで拓磨の目を覗き込んだ。黒い、黒い目。少年の瞳はどこまでも黒く、奥行きを感じさせた。その目の上下には、しっとりと湿った睫毛が生えていた。一本一本がぐいと力強く弧を描いて、ぴんと立っていた。目を構成する細胞一つ一つに意思があるように見えた。なんとしても、彼を治して家に帰さねば。

「うん、わかった」

こくんとうなずいた。

「せんせい」

拓磨が病室を出ようとする隆治を呼び止めた。

「あのね、ママにはあえないの」

隆治はしまった、と思った。とっさに言葉が出てこなかった。

「……うん」

それでも何か言わなければならない。

「ママは、まだ会えないんだ。ごめんね」

「ママ……」

それだけ言うと、また拓磨は黙った。

「ごめんね」

そう言って隆治は拓磨の頭を撫でた。

逃げるように病室を離れナースステーションに行くと、佐藤がいた。拓磨を診察しに来たのだろう。

「お、雨野こんなところで」

「先生、お疲れ様です」

「うん、どう？」

そう言うと佐藤は拓磨の病室の方を指差した。

「はい、本人の活気はだいぶ出てきているのですが、お腹がまだ張っていて」

「一昨日のレントゲンでもお腹がぱんぱかりんだったからなあ」

佐藤が真面目な顔をして「ぱんぱかりん」と言うので、思わず笑ってしまった。気づいた佐藤は、

「何？」

と言った。

「いえ、なんでもありません」

隆治は口を結び真顔を保ちながら言うと、

「明日にでもレントゲン撮りましょうか」

と付け加えた。

「レントゲン？　まあ別にどっちでもいいけど、腹触っておなら出たか聞けばわかるで

しょ、撮らなくたって。おならが出て腹が引っ込めばもう大丈夫なんだから」

佐藤が説明した。

「はい、そうですね。看護師に聞きましたがおならはやっぱりまだ出ていないそうです」

「そうだよね……おならさえ出ればねぇ……おなら……おなら……」

佐藤は両手を腰に当てると、隆治から視線を外した。この横顔。細い顎に小さな耳、そして一つにまとめた髪の生え際の産毛。全てが調和していた。すっきりとした横顔に、思わず隆治は見とれてしまった。

「もう一度開ける、か……」

急に佐藤が隆治の方に向き直った。

「はい！……え？　え？　もう一度、開ける、ですか？」

「最悪、な。もしイレウスの原因が腹の中にあるんだとしたら、開けなきゃダメだよ。でも再手術は結構ヤバい。そこまであの小さい体が耐えられるか……」

佐藤は髪を触った。

「かといってあの腸を放っておくのもかなりよくないね」わかるでしょ？　と言われ、隆治はうなずいた。早めに判断しなければならない。

「とにかく、やれることは全部やろう。と言ってもやってるんだよね。……そしたら、先生」

佐藤は真面目な顔をして言った。

「祈るよ」

「え？」

「腸が動くのを祈ろう。私も祈るから」

隆治ははじめ冗談なのか本気で言っているのかわからなかった。が、佐藤が真顔で言うので「はい、祈ります」と言った。

「岩井先生には私から報告しとくから」

そう言うと、じゃ、と言って佐藤はすたすたと歩いて行った。


祈る。

医者が祈るなんてナンセンスだ。しかし祈らない理由もない。佐藤はできることは全部やると言った。その中には祈るという行為も含まれているのか。

非力な自分、無力な医学。あの少年に何か落ち度があったのか。神様がもしどこかにいるのなら、こんな薄情なことしなくたっていいじゃないか。

隆治はナースステーションの電子カルテの前に座った。いつの間にか、病室の窓から鮮やかな夕陽がまっすぐにナースステーションに射し込んでいた。その夕陽はいつもより濃く、当たるもの全てを紅《あか》く染めた。古い汚れや傷だらけのタイルの床、点滴バッグの載った銀色の処置台、そして隆治の白衣の端までも。

顔に当たる夕陽が眩しい。隆治は右手で遮った。そして目をつぶった。頼む。頼む、神様。なんとか治してください。僕の全てをかけて、彼を治したい。神様、あと少しの力を。

＊

三日後の朝。いつもの朝の会議《カンファレンス》。いつもの術前、術後の発表《プレゼン》が終わると、外科医たちは拓磨について議論し始めた。

「まだ麻痺《パレーゼ》でイレウスなんだって？」

「ちょっと長いな、腸が壊死《ネク》らなきゃいいけど」

「実は麻痺《パレーゼ》じゃなくて腹の中に何か機械的《メカニカル》な原因があるんじゃない？　ねじれたとか、癒着《アドヒージョン》とか」

いくつかの意見が飛び交った後、岩井が口を開いた。

「腸の張りは徐々に悪化しています。明日改善の兆しがなければ、緊急で開腹《あけ》ようと思います。手術《オペ》のリスクも高いですが、やらねばジリ貧になってしまう」

それを聞いてみな同意したのか、誰も何も言わなくなった。手術のリスクはみな重々承知していた。

「厳しいね」

一言、部長が言い、

「では、会議《カンファレンス》を終わります」

と岩井が言った。外科医たちがぞろぞろと出て行くと、隆治と佐藤と岩井が残った。

岩井は、

「そういうことなんで、俺から話すからお父さん呼んどいて」

と言って部屋を出て行った。

隆治は暗いままの部屋でプロジェクターとモニターを片付けた。佐藤が珍しく片付けを手伝った。佐藤も何も言わなかった。口の中がじゃりじゃりする気がした。どうにかならないのか。どうにもならないのか。リミットは明日だ。

＊

昼過ぎ。隆治は岩井とともに、拓磨の父親に病状説明をしていた。

「……というわけで、なかなかよくなっていないのです」

やつれた父親はがっくりうなだれた。

「われわれは今日明日で、再手術をするかどうかの判断をします。明日よくなっていなければ、切ろうと思います。もし切るとすると、今回の手術は前と違い、かなりの危険が伴います」

父親が顔を上げた。

「先生、いったいなんなんですか。なぜ息子はよくならないんですか。手術をミスしたのではありませんか」

岩井は目をそらすことなく、じっと父親の目を見た。そして答えた。

「いえ、ミスしたわけではありません。手術は予定通り行いましたが、手術の前にも説明した通り……」

「そんな説明なんてどうだっていい！」

父親は大声を出し、机をバンと叩いた。

「なんで息子がこんな目に遭わなきゃならないんですか……なぜ俺じゃなく……」

そう言うと、ううう、と泣き崩れた。

岩井は黙っていた。隆治にはどうすることもできなかった。

——どうすればいいんだ、どうすれば……。

岩井は沈黙していた。

——なぜ岩井先生は何も言わないんだ……何か言ってあげればいいのに……。

ちょっとずつ、父親のうめき声が小さくなってきた。

この間、実に一分ほどのことだった。隆治にはとても長く感じられた。

「……すいません」

父親は涙を手でぬぐうと、座り直した。

「お父さん」

岩井が話し出した。

「息子さんは今、戦っています。きっと、すごく辛いと思います。でも、とっても頑張ってくれています。私は、私たちは、全力でサポートします。でも、お父さんも、ずっと、お辛いですよね」

父親ははっとした顔をした。

「私は、お父さんが戦っていらっしゃるのも知っています。お父さん、大丈夫。絶対に勝ちましょう！」

父親は顔中をくしゃくしゃにして、

「ありがとうございます」

と言って再び涙を流した。

*

午後の手術を終え、外科病棟で処方や指示などの仕事を済ますと、隆治はいつものように小児科病棟へ行った。病棟の時計は八時を指していた。

――今日はずいぶん遅くなっちゃったな。

まっすぐに拓磨の部屋に向かう。ナースステーションには看護師が一人いたが、隆治には気づかずパソコンに向かって何やら作業をしていた。

「こんばんは」

隆治がそう言って顔をカーテンの間から出すと、拓磨は起きていた。

「うん」

見るからに元気がなく、ぐったりしている。

「だいじょうぶ？」

「おなかがいたい」

そう言って自分のお腹を触った。それはそうだ、お腹は太鼓のようにぱんぱんに張っている。

「朝より痛い？」

「うん……ううん……わかんない」

拓磨は顔を背けてしまった。やはり調子が悪いのだ。医学生のころ小児科の実習で、「小児は機嫌の良し悪しがイコール体の状態の良し悪しだ」と聞いたのを思い出した。

「吐きそう？」

「ううん」

「気持ち悪い？」

「ううん」

ひとしきり問診をし、おやすみ、と言ってカーテンを閉めようとすると、

「せんせー」

と拓磨が呼び止めた。

「ママにあいたい」

そう言うと、隆治の目をじっと見た。

「うん、そうだな」

隆治は目をそらしながら、

「今お母さんも頑張ってるんだよ、だからもう少しな。拓磨くんも頑張ってるもんな」

「うん……いつもせんせーはもう少し、もう少しって」

そう言うと拓磨の目が潤み出し、あっという間にその小さな頬に滴をこぼした。

――あ、まずい……。

「うん、ごめんな。でも本当にもう少しだと思うんだ。先生嘘ばっかりでごめんな」

だからおやすみ、とだけ言ってカーテンを閉めて出てきてしまった。

――なんで俺逃げてるんだ……。

医者として何もできない。そればかりか、その涙を拭くこともできない自分がほとほと情けなかった。だから俺はダメなんだ。隆治はふらりと病室から廊下に出ると、吐き気をもよおした。早歩きで廊下を抜けて病棟のトイレに駆け込むと、便器に顔を突っ込んで吐いた。

吐きながら涙が出た。馬鹿野郎。それで逃げるなら辞めちまえ。もともと医者になる資格なんてなかったんだ。そう思うとまたえずいて、げえっと吐いた。しかし昼食を取っていなかったから何も出ず、ただ黄色い胃液の強酸が隆治の食道と喉を焼いた。

隆治はしばらくそのまま声を押し殺して泣いた。

どれくらい泣いていただろうか。隆治は立ち上がると手を洗い口をゆすぎ、ナースステーションに戻った。泣いていたことがナースに悟られないよう、マスクを目のすぐ下まで上げた。電子カルテの前に座ると、拓磨のカルテを展開した。この日のカルテをまだ書いていなかったが、なんと書けばよいかわからず、じっとキーボードの上に指を置いてモニターを見ていた。[5歳7カ月]という文字。

＊

その夜も隆治は、医局に泊まった。夜のうちに拓磨の状態が悪くなってしまうかもしれない。横になると、全身がソファに縫い付けられたように、手足が動かなくなった。

自分の体が異常に重い。

――どうなっちまうんだろうな……まさか、拓磨くんもイシイさんみたいに……。

隆治は目をぎゅっとつぶり、思考を停止させた。

――いや、やめよう。考えてもどうにもなるもんじゃない。やめよう。

誰もいない医局で、何台かのパソコンが光を放っていた。ぼんやりとその灯りを見ているうちに、また隆治は吸い込まれそうな気持ちになった。少しずつ低下していく意識の中で、

――あの中に行ったら、楽になるのかな。

と思った。隆治はそのまま眠ってしまった。


翌朝。

六時に起きた隆治は、体が少し軽くなっていることに気づいた。

トイレに行き、顔を洗う。冷たい水が隆治の顔の神経を刺激し、脳というコントロールセンターに「覚醒せよ」というサインを送る。脳はその指示を一瞬で受領し検討、同意をした上で、全身の神経に「覚醒したので動け」と指令を出した。冷たい水が気持ちいい。少しずつ全身が動きやすくなる。

――なんだか今日は気分がいいな。

隆治は嬉しい気持ちになって、いつものように拓磨のいる病棟に行った。

病棟に着くと、すっかり顔見知りになった小児科のナースが、

「先生、先生！」

と駆け寄ってきた。こんな早朝に何を。

「大変よ、出たって！」

「え？　まさか」

「拓磨くん、おならが出たって！」

「え！　おならがですか！」

「そうよ、おならだって！　しかも一度じゃないわ、二度も出たのよ！」

「え、本当ですか！」

手術ですっかり麻痺してしまっていた腸が、ついに動き始めたのだ。

「じゃあ、とにかく、まくたくんに会いに」

慌てた隆治が言う。

「先生、『まくたくん』じゃなくて『たくまくん』でしょ！」

「あっ、そうでした！　病室行ってみます！」

隆治は拓磨の病室に急いだ。

クリーム色のカーテンをそうっと開けると、拓磨は起きていた。

「おはよう！」

隆治が嬉しさを堪えつつ挨拶をする。

「おはようせんせい！　あのね」

拓磨も嬉しそうにしている。夜勤のナースたちが大喜びしたので、きっとこれは嬉しいことだとわかったのだろう。

「うん、どうした？」

あえて本人の口から聞いてみたくなる。

「ぼくね、おならがでたよ！　しかも、すっごいクサイの」

そう言って拓磨は笑った。

「そうか、拓磨くんおなら出たのか！　よかったねえ！　たくさん出たの？」

「うん、たくさんでた。かんごふさんには二回っていったよ、だってはずかしいから。だけどね、ほんとうは一〇〇回くらいでた」

「一〇〇回も出たの！」

あながち間違いではなさそうだった。麻痺性のイレウスがよくなる時は、異様なほどおならが出ることがある。溜まっていたガスが一気に肛門まで送り出されるのだろう。

「よく頑張ったね！　ちょっと先生にお腹見せてもらっていいかな」

「うん、いいよ！」

そう言って拓磨はにっこり笑うと、パジャマをたくし上げて腹を露出させた。見た瞬間に、昨日までと違い明らかにお腹が平坦になってへこんでいるのがわかる。

——お腹が柔らかい……昨日とまったく違う……。

「拓磨くん……」

「よくなったねぇ」

隆治は、そう言いながら泣いていた。

両目からぼろぼろと溢れ出る涙を、隆治は止められない。涙はぽたり、ぽたりと拓磨の足にかかった。

「せんせい、どうしたの？　ないてるの？」

「いや、……うん、嬉しくて、泣いてるんだ」

「なにそれ！　へんなの！　でもおなかへっこんだよ！」

「変でしょ。うん、へっこんだのが嬉しくて泣いてるんだ」

「あはは」

隆治はパジャマを戻して腹をしまうと、部屋を出てナースステーションに向かった。白衣の袖で顔をぬぐった。


ナースステーションには誰もいなかった。朝食を配食しているのだろう。隆治は電子カルテの前に座ると、大急ぎで拓磨のカルテを開いた。嬉しさのあまり、キーボードを叩く手がもつれる。

「本日、排ガスあり。腹部の膨満は著明に改善」


そう書いて「確定保存」をクリックした時、

「おはよう」

佐藤だった。

「どうしたの、こんな早くに」

——いやそれはこっちのセリフだよ……。

「いえ、ちょっと拓磨くんが気になりまして」

「そう、どう？」

「それが……先生、実はおならが出たそうで、お腹もかなりへっこんでいました！」

そう言うと、佐藤は目をまん丸にして、

「え！　おならが！」

と言い、上半身をのけぞらせた。

「はい、おならが！　本人が言うには一〇〇回は出たそうで、実際、腹部はかなり平坦《フラット》です！」

「そうか！　いやあ、よかったじゃない！　おなら！」

そう言いながら、佐藤も少し涙ぐんでいた。佐藤もきっと拓磨が気になって、いつもなら来ないこんな早朝に病棟に来たのだろう。

「はい！　本当によかったです！　先生、レントゲンは撮りますか？」

「そうだね……岩井先生や他の先生にも見せなきゃならないから、確認で一応撮っとこう！　これで手術《オペ》を回避できるからね！」

「わかりました」

佐藤はそれだけ言うと、すたすたとナースステーションを出て行ってしまった。照れくさかったのかもしれない。

隆治は電子カルテで「腹部単純レントゲン」のオーダーをクリックした。

＊

「……えー、ですので、彼の手術《オペ》はせず保存的治療《コンサバ》で診ることといたします」

朝の会議《カンファレンス》で、岩井が拓磨のレントゲンを提示しながら説明している。

「うん、いいね」

須郷部長が満面の笑みで、隆治の尻をぽんと叩いた。

「はい！」

「あとはよくなる一方だよ」

「では、会議《カンファレンス》を終わります」

外科医がぞろぞろと部屋を出て行った。

隆治は、部屋の後片付けをしていた。

こんなにも、嬉しいものなのか。何もしなくとも、顔が自然ににやついてしまう。これは医者になって初めての経験であった。医者になって数カ月。がんの告知、死の宣告、そして死亡確認。医者には、よいニュースなど一つもないのだと思っていた。そしてそれが医者なのだ、とも思っていた。

会議室を出て、隆治はまっすぐ拓磨の病室に行った。


「あ、せんせいどうしたの」

「よ、来ちゃった」

「きょうはしゅじゅつじゃないの？」

なぜそんなことを知っているのだろう。病棟のナースが言ったのだろうか。

「うん、今日はないんだ」

「へー」

「あのね、実はおならが出たからね、たーくんは手術しなくてよくなったよ。それとね、もうすぐご飯食べられるよ」

「え、ほんとう？　わーい！」

「うん、ちょっとずつだけどね！」

「わーい！　ぼくカレーがいい！」

「お、おう……いきなりカレーはちょっときついから、おかゆくらいからいこうね」

「うん、なんでもいいよ！　わーい！」

隆治は部屋を出た。朝の光が窓から射し込み、廊下を明るくしていた。看護師たちは忙しそうに廊下をぱたぱたと行き来していた。

ナースステーションに戻ると、岩井がいた。

――珍しいな、この時間に……。

隆治はそう思うと同時に、岩井の隣にいる車椅子に乗った女性に気づいた。女性は足にギプスを巻き、クリーム色のカーディガンをはおっていた。

――もしかして！

「あ……お母さん？　拓磨くんのお母さんですか？」

隆治が言うと、

「はい、拓磨の母です」

その女性は座ったまま頭を下げた。岩井が車椅子を押して連れてきたのだった。

「先生方や皆様にご迷惑をかけてしまい……ありがとうございました」

そう言うと、女性は再び深く頭を下げた。

「拓磨の話は、岩井先生が教えてくれていました。私、骨折してまして、二度手術を受けたんです。その間も岩井先生はしょっちゅう私のところに来て『息子さんが頑張ってるからあなたも頑張れ』と言ってくれたんです」

——なんと。岩井先生が……。

岩井は照れくさそうに、

「お母さん、んなこたぁどうだっていいから、早く息子さんに会いに行きましょう」

と言った。そして、

「お父さん、いる?」

と隆治に尋ねた。

そう言った時、父親が病棟に現れた。

「あ、岩井先生! 雨野先生!」

嬉しそうにしている。

「あれ、お前まで」

妻を見つけ、驚いていた。

「うん、岩井先生に連れてきてもらったの」

「お父さん、勝手なことをしてすみません。拓磨くんにサプライズで会わせようと思ってて」

「めちゃくちゃ喜びますよ！ じゃあ早速行きましょう！」

そう言うと、みんなで拓磨の病室に向かった。

まず父親がカーテンをちょっと開ける。

「たーくん、帰ってきたよー」

「あ、パパおかえり」

続いて隆治がカーテンから顔を出した。

「よ」

「あ、せんせいまたきた！ ひまなんだね！」

カーテンの裏には、車椅子の母親がいる。

隆治は、

「拓磨くん、おどろくなよー？」

と言いながら、カーテンをさっと開けた。

「あ！」

拓磨は口を開けたまま、動かなくなった。

「たーくん、ごめんね」

母親は涙声でそう言った。

「ママ……ママだ！　ねえパパ、ママはほんもの？　ほんものだよね？」

「うん、たーくん、本物のママだよ」

「たーくん、今までよく頑張ったね。本当に、本当におりこうでした」

母親が穏やかにそう言った。

岩井が車椅子を押して、拓磨の寝るベッドのすぐ近くまで来た。

母親が車椅子から身を乗り出してゆっくりと手を伸ばし、拓磨の頭を撫でた。拓磨は目を閉じていた。

後ろで看護師が泣いていた。父親も泣いていた。岩井は静かに微笑んでいた。

――この瞬間を、俺は一生覚えているだろう。

隆治はそっと部屋から出た。部屋の前で、目をつぶった。

――拓磨くん、よく頑張った。


隆治は体じゅうに力がみなぎるのを感じていた。今なら空だって飛べそうな気がした。

こんがらがっていて、どこから手をつければいいかわからないあの問題に、手をつける時が来ていた。ちょうど来週は遅い夏休みを――と言っても一日だが――もらっている。土日も休んでいいと言われているので、合わせて三日ある。よし、鹿児島に行こう。

エピローグ

鹿児島空港は、鹿児島県の中央よりやや北に位置しており、周りを茶畑に囲まれている空港だ。鹿児島はお茶の栽培でも有名であり、県の南には知覧茶というブランドがある知覧がある。知覧はかつて太平洋戦争で特攻隊が飛び立つ基地があった土地だ。

隆治は、約半年ぶりにこの空港に降り立った。

壁にはところどころシミがあり、ありきたりな土産物屋が並び、看板といえば芋焼酎のボトルばかりのこの空港に、隆治はどうしても馴染めなかった。いかにも田舎の、センスとか洗練とかいう言葉がおよそ似つかわしくない停滞した建物に、鹿児島弁丸出しの売り子たち。

この空港こそが、自分の出身は田舎であり、中央とはかけ離れた場所にあるのだというメッセージになっている。隆治は、到着ゲートに着くやまっすぐに鹿児島市内行きのバスに乗り込んだ。「こんにちは」と言ったバスの運転手はすでに鹿児島なまりだった。

「リムジンバス」と呼ばれるそのバスは、名前の割には広くないようでほとんど満席だった。隆治は女性の隣があいているのを見つけ、座った。座るとまた、目の前には芋焼酎の広告があった。

――帰ってきたんだ。鹿児島に。

バスは南国の夕陽に包まれながら滑るように走り、一時間足らずで鹿児島市内へと着いた。睡眠不足だから眠ろうと目をつぶったが、まるで眠れなかった。それどころか頭がだんだん熱くなってきた。目を開けていないと頭の熱気が排出されない気がして、目を開けた。目を開けると、嫌でも懐かしい街並みが目に飛び込んでくる。あの角で自転車で転んだ、あのスーパーはまだ潰れていない、あんなところにモスバーガーがあったっけ……。

＊

「騎射場」の電停から歩く。いつの間にか陽が落ちていた。仕事帰りのサラリーマンがうつむきながら歩いてきて、危うくぶつかりそうになった。気温はそれほど低くはないが、風が冷たさを含んでいた。鹿児島はすでに秋が始まっていた。この街の秋はとても短い。長すぎる残暑と、一年に一度だけ律儀に雪を運ぶ冬に挟まれて、ほんの数週間だけが秋と呼べるような季節だった。

二つ目の角を曲がって三軒目に、隆治の実家である「薩州《さつしゅう》あげ屋」はあった。茶色いのれんをくぐり、開いている引き戸から店に入ると、

「ただいま」

と薄暗い店内に向かって大声で言った。

「おい、お前……」

父は目を見開いて、まるで幽霊でも見るような顔をしている。そういえば来鹿《らいか》することを知らせていなかった。

「おい、おい、隆治が！　母ちゃん、隆治が！」

父は隆治に返事をする前に大声をあげた。

「なんだい」どたどたと出てきた母は両手を口に当て、

「あれ、隆治いつ帰ってきたのね」

と言った。

「今だよ、ただいま」

「あれ、なんだか東京人っぽくなってしまって。まあ、お入りお入り」

母が中に招き入れた。

店内を抜けて細い階段を登り、店の二階の広くない居間に入る。この家を出て半年しか経っていないというのに、もう大昔に住んでいた家のような気がした。畳は相変わらずぼろぼろで、窓のサッシには黒いほこりがびっしりとついていた。丸いちゃぶ台の前に置かれた薄い座布団の水色はくすんだままだ。

「何も変わってないね」

隆治が言うと、母は窓を開けながら、

「だから！　きれいにするお金だってないんだから」

と言った。

――そりゃそうか、半年だもんな。

その後ろ姿を見ていると、隆治は母親がとても老けたように感じた。

たはむれに母を背負ひてそのあまり　軽きに泣きて三歩あゆまず

と詠んだのは石川啄木だっただろうか。昔、教科書で見た。

——今おんぶしたら、母ちゃんは軽いんだろうか。

「今、お茶を持ってくるからね。店ももう閉めるがね」

そう言うと母は再び階下に降りて行った。

座布団に座りながら、隆治は少し緊張していた。逃げたくなる気持ちを、拓磨の笑顔がかき消した。そうだ。あいつ、頑張ったんだ……。

*

三人での静かな夕食を終えると、両親はぼんやりテレビを見ていた。隆治はちゃぶ台に両肘をつき、注がれたぬるいビールを飲みながら、コップを見ていた。コップには焼酎の銘柄が刻まれていて、カモメが飛んでいる。確か、このカモメのラインまで焼酎を入れるとちょうど五分五分で水割りが作れるのだ。いつかそう父親に聞いたことがあった。

「病院は忙しいのね」

　母が尋ねた。

「うん、まあ。でもまあ普通。当直とかあってよく病院に泊まってる」

　隆治はなんとなく鹿児島弁を使う気になれず、覚えたての標準語で喋った。それでもアクセントは鹿児島なまりになってはいたが。

「そうだね、たまに」

「そうね。夜も忙しいのけ」

　イシイを看取った日や、拓磨が救急車で来た夜のことが頭をよぎったが、言わないでおいた。

　しばらく三人とも黙っていた。テレビではお笑い芸人が裸で顔を白い粉だらけにして何か叫んでいた。

「金は足りちょっとか」

　父がテレビに顔を向けたまま急に口を開いた。心配してくれているのか、給料を探っているのか、隆治にはわからなかった。

「足りてる、大丈夫。あんまり使ってないから」

「そんならいい」

母が代わりに返事をした。

また三人とも黙った。

父は焼酎のお湯割りを飲んでいた。芋をふかしたような、柔らかい香りが部屋じゅうに広がっていた。ところどころ錆びかけたポットを見た。

「もう二〇年になるねえ」

湯のみの中を見ながら、急に母が言った。父は返事もせず、テレビの方を見ている。

隆治は動揺した。なぜ自分が話そうとしていることがわかったのだろう。

「うん」

数秒の間をおいて隆治は返事をした。母が隆治の方を向いた。

「そのことなんだけど……」

父がリモコンを持ち、テレビのチャンネルを替えた。天気予報が流れた。隆治は両手を組んだ。

「俺……病院で働き出して、何回かあった」

母は隆治をじっと見ている。

「その……なんていうか……人が死んじゃうところ」

隆治は手を組み替えて、自分で力を入れぎゅっとした。母は黙って隆治を見ている。

父は変わらずテレビの方を向いている。

「それで……思い出したんだ。……兄ちゃんのこと……」

そう言った瞬間、母は表情を変えた。父は動かなかった。少しだけ開いた窓から、冷たい夜風が入ってきた。

隆治はもう一度手を組み替えると、左手の親指の爪をぎゅっと握った。


その話を、しに来たんだ。

隆治は口の中でその言葉を転がした。うまく言えるか自信がなかった。言っていいのかどうかも、自信がなかった。


「だから……俺、夏休みをもらって……その話を」

唇を一度舐めると、

「しに来たんだ」

と言った。

再び部屋が静かになった。隆治は下を向き、きつね色の古い畳の編み目を見つめた。三人は黙っていた。これまで一度も話したことのない、死んだ兄の話をする。腕一本、いや指一本動かすのも憚《はばか》られた。

隆治は視線を上げると父と母を見た。

「だから、話してくれないか。あの日のこと」

「覚えていないか」

父が口を開いた。咳払いをして、もう一度言った。

「何も覚えていないか」

「うん。……いや、少し思い出すことがある……。あの、下に呼びに行ったこととか

……」

隆治は、絞り出すようにして言った。

「じゃあ話してやろう」

父はそう言うとテレビの電源を切り、あぐらをかいたまま回って隆治の方を向いた。父と向かい合って話すのはいったい何年振りだろうか。父の体は驚くほどちっぽけだった。

「あの日は朝からわっぜ雨が降ってた。バケツの水を全部ひっくり返したような雨だ。だから、よく覚えている。近くの川が増水しているから気をつけろとラジオで言っていた。

朝から忙しかった。大雨だというのに、どういうわけかお客が途切れなかった。変な日だった。だから昼メシも食わなかったんだ。母ちゃんもバタバタしていたな。母ちゃんは裕一とお前に二階で昼メシを食わせたら、一階に降りてきてずっとさつま揚げを売っていた。

それで、ああ、今でも覚えてるよ、どこかの修学旅行生が一気に一〇人くらい来てみんな注文したんだ。これはありがたいと思って、大急ぎで準備していた。

そしたらお前が階段から降りてきて、何か言った。何を言ってるかわからんし、忙しかったから母ちゃんが上に追いやった。そしたら泣きながらまた来た。どうせ喧嘩でもしたんだろうと、母ちゃんが見に行ったんだ。

そしたら、母ちゃんが駆け降りてきて『救急車！　救急車！』って言うもんだから、慌てて階段登ったよ」

父はちゃぶ台のコップを手に取ると、ぬるくなった焼酎のお湯割りを一口飲んで続けた。

「そしたら、裕一がぶったおれている。抱きかかえたら手もぶらんとした。慌てて救急車を呼んだ。いくら『裕一、裕一』って呼んでも、顔をひっぱたいても反応せんし、もうわけがわからん。……そう、お前はずっと泣いていた」

「それから救急車が来て、一緒に乗って病院に行った。市立病院だ、あの一番大きいところだ。ああ、お前も連れて行った。

病院に着くなり、裕一は運ばれて行った。俺と母ちゃんは外で待っとけと言われ、それから」

母がぐらりと前に姿勢を崩した。父は続けた。

「それから、長い時間待った。ずいぶん長いこと待った気がした。時計も何も持ってなかったから、どれくらい待ったかわからないけどな。でも、待合室には俺たちと同じくらいの若い夫婦がいた。青ざめてたな。その若い女の方がずっと泣いているもんだから、どうにも嫌になって俺は表にタバコを吸いに行った。

表に出たら若い男の医者と看護婦が灰皿のところでタバコを吸っていた。その二人が話していた。『さっき運ばれてきたあの少年、厳しいかね』『いや、無理ですよ』『うむ、明日ゴルフだから早く帰りたいんだが』なんて話していた。

俺は頭をぶんなぐられたような気分になった。そしてこう思った、いや、これはうちじゃない、裕一の話じゃないって。あっちの、泣いている夫婦の方だって」

——なんという医者だ。

全身がかっと熱くなるのを感じた。隆治は拳を強く握った。爪が掌《てのひら》の肉にぎりぎりと食い込んだ。

父は続けた。

「ずいぶん長い時間が経ったと思う。急に扉がガラッと開いて、部屋に入らされた。そこで、裕一を見た。裕一は、もう」

　母が嗚咽をもらした。

　父はコップを握りしめたまま、話し続けた。

「死んでいた。俺が見てもすぐにわかったよ。口に、かわいそうに、チューブなんか入れられて、血がついて、胸なんかへっこんじまって……。顔は真っ青だった。なんで、なんでこんなことになるんだと俺は思った。お前たちが生まれてから必死に生活して、金稼いで、やっと小学校に上がって、それまで病気一つしなかったのによ……。何があったのか、まったくわからなかった。俺は……」

「近くにいた医者に、何があったのか聞いた。ご両親ですね、こちらへと言われ、椅子に座らされた。

　そこで、裕一はもうダメだって言われた。心臓も息も止まってるって。ふざけるな、理由を言えと俺は言った。すると、アレルギーだかなんだかと言っていた。ふざけるな、アレルギーで死ぬわけがないだろうと」

――アナフィラキシーショックだったのか……。

隆治は冷静だった。

「でも医者はアレルギーしか考えられないと言った。それともあんた、ぶん殴ったりしましたかって。ちくしょう！　ふざけるな！」

父はコップを畳に叩きつけた。コップは割れずに転がった。母はタオルを顔に当てて声をあげ泣いている。

――昼食の後……急に状態が悪くなった。おそらく食べた物の中にアレルギーの原因となる食品があったんだ。それでアナフィラキシーショックになり、呼吸が止まった。それから病院に着いて挿管されるまで時間がかかったから、低酸素脳症になって死亡した……。

「それから俺は、裕一を家に連れて帰った。小さく、小さくなって……」

父も泣いていた。ぽたりぽたりと涙は膝に落ちた。

「そうだったのか」

隆治は口を開いた。

「父ちゃん、話してくれてありがとう。よくわかったよ」

隆治は冷静だった。さっきの緊張が嘘のようだ。

母は大きな声を出して泣いている。父も静かに泣いている。なぜ自分は涙が出ないのか。


兄はおそらく、食べ物のアレルギー、中でもアナフィラキシーショックと言われるもっとも重篤なもので亡くなった。もしあの時もっと早く対応していたら。そして時代がもっと進んでいたら。アレルギー物質がわかり、携帯用注射のアドレナリンがあれば、死なずに済んだかもしれない。

でも、そんなことを言っても仕方がないのだ。兄は三〇年前に生まれ、三〇年前を生きたのだ。

「しょうがなかったんだよ」

ぐすぐすと泣きながら、母が言った。

「……でも、不憫で、不憫で……」

「そんなことはないよ」

「小さなお棺でな」

父が言った。

「銭《ぜん》がなかったで、通夜が出せなくて、葬式だけやった。寂しい葬式だったが、小学校の友達が来てくれた」

手で涙をぬぐうと、父は続けた。

「お前は何があったかわからんで、ずっと言っとった。『どうしたの、寝てるの、遊んでくれないの』って」

記憶の彼方に、そんな光景がある気がした。

「全部終わってから、お前に話した」

聞きたくない。

「裕一は、死んだんだ。死んだということは、二度と帰ってこないし、二度と遊べない。ご飯を食べたりすることもできない。お墓に入るんだ」

「そうしたら、お前はこう言った。俺はよく覚えている。『いつまでお墓にいるの』ってな。俺は返事が」

できなかった、と言いながら父は左手を顔に当てると、ぶるぶると震えた。ぽたりぽたりと畳に涙が落ちる音がした。

「それからね、あんたは」

母が姿勢を直しながら言った。

「あんたは泣いたりはしなかった。でも、三日間まったくご飯を食べなかったんよ」

あの空腹。

食べてはいけない。自分のせいで兄がお墓に入ったのだから、自分はご飯を食べてはいけないと思ったのだ。あの時、確かに。

「何を言っても、怒っても、あんたは絶対に食べなかった。自分のせいで裕一が死んだと思っていたのか……それで、どんどん顔色が悪くなって、とうとう病院に連れて行こうとした時に、あんたは私の手を振り解《ほど》くと、私の目をじっと見てこう言ったんだよ」

「なんて?」

「兄ちゃんが死んだのは僕のせいだ、僕はずっと忘れない、僕は絶対忘れないよって」

そうだ。あの日俺は誓ったんだ。自分のせいで兄が死んだことを、この胸に刻み込んでおこうと。

「そうだ。そう言った。絶対に忘れちゃいけないと思った。だけど、俺はなるべく兄ちゃんのことを思い出さずに生きてきた。なるべく、あの時のことを忘れようとして。俺はなんということを」

隆治は畳を叩くと涙をぼろぼろとこぼした。

どれだけ時間が経っただろうか。

「そげんことはなか」

父が唐突に言った。

「お前は口には出さなかった。出さなかったけど、ずっと裕一のことを考えていた。だから塾にも行かせられなかったのに勉強も頑張って成績は学年で一番だった。大学だって浪人したけど、奨学金を取ってまで医学部に行ったんだ。こんな俺たちのような学のない親から生まれたお前が」

「俺は……俺は……」

違うんだ。いや、そうだったのか。

「じゃっど。あんたはいつだって、わがままを言わなかった。貧乏だってずっと我慢していた。私にはわかる。あんたはいつも、裕一のことばかり考えちょった」

「俺と母ちゃんは、お前が恨んでいると思っていた。裕一が死んだのは俺たちのせいだ、お前がそう思っていると思っていた」

父は続けた。

「すまなかった」

それだけ言うと、父は手で目頭を覆った。

隆治は、泣いた。これでもかというほど泣きじゃくった。

子どものころから一度も見せたことがないほど、大声をあげて泣き続けた。まるで二〇年分の悲しみを一気に吐き出すように。

「ごめん、父ちゃん、母ちゃん」

隆治は泣きながら言った。

「確かに恨んでいた。二人を恨んでいたんだ。恨まなければ、兄ちゃんの死はとうてい受け入れられなかった。自分だけのせいだと思うのは辛かった。耐えられなかったんだ」

二人はうつむいていた。

「でも、兄ちゃんは、二人の子どもでよかったと思うよ。幸せだと思うよ。だって、二人とも二〇年も経つのにまだこんなに泣いて、こんなに苦しんでるんだから」

しばらくの間、みな無言だった。

隆治がポツリと言った。

「明日行ってくるよ、俺」

*

翌日。

隆治は自転車に乗ると、小高い丘の上に向かった。

急な坂道を自転車を漕いできたせいか、隆治の背中は汗びっしょりになった。それでも普段手術中にかく冷や汗とは違い、気分がよかった。

その墓地は見晴らしのいい丘の上にあった。秋らしい風が吹き抜けて、隆治の火照《ほて》った体を鎮めた。

墓地の入り口に着くと、隆治は両親からお墓の詳しい場所を聞いていなかったことに気づいた。

——困ったな。誰もいないし。

その時だった。一条の風が吹いた。それは、他の風と違っていた。おそらく他の人間だったら気づかないくらいの、わずかな違いだった。その違いは温度なのか、速度なのか、匂いなのか、それとも別の何かなのか。

隆治は地面を蹴って歩き出した。はじめは左にまっすぐ。そして二つ目のブロックを右に曲がる。歩く。焦ってはいない。ゆっくりと歩く。

「あった！」

隆治は声をあげた。墓石には「雨野家之墓」と書かれていた。

「兄ちゃん、久しぶり」

　隆治はそう言うと、墓石に近寄り触った。ざらりとした石の感触。雨野家の墓石は周りのものと比べてもだいぶ古びていて、角が一カ所欠けていた。

「ごめんな、全然来れんで」

　隆治は石をじっと見た。

「兄ちゃん、俺な、医者になった」

　石は動かず、ただ立っていた。

　隆治は石をさすりながら話しかけた。

「今は東京にいる。昨日な、話聞いたんだ。父ちゃんと母ちゃんから。兄ちゃんのこと」

「俺はずっと、兄ちゃんのことを思い出したくなかったのかもしれん。あの時のこと、一度もちゃんと聞いたことがなかった」

　隆治は砂利の上にしゃがみ込むと、話し続けた。

「ごめんな。俺がもっとちゃんとしてれば、こんなとこ入らないで済んだな。だから俺は、医者になったよ。もう兄ちゃんみたいな人いなくするために、医者になった。まだ仕事はわけわからん。上の先生は怖いし、患者さんも怖い。看護師さんも怖い。病気も怖い」

隆治は砂利にあぐらをかいた。

「こないだ小さい子どもが大怪我で運ばれてきた。死にそうでな、手術した。その子、文句一つ言わないで頑張った。最後には治ったよ。すごいな、兄ちゃん。五歳なのにな」

「すごいんだよ、兄ちゃん。生きてるって、すごいことだ。俺はその子を見て思ったよ。だから、俺は、これからも生きていく。そしてすごい医者になる。こんな石の中に兄ちゃんを入れた俺が、それでもすごい医者になる」

「だから、見守ってくれ。いや見守ってくれなんて言わん。ただ、ゆっくり眠ってくれ。本当に、ごめんな。兄ちゃん」

隆治は泣いた。秋の雨のように、静かに泣いた。

その時だった。

また一条の風が吹き、隆治の頬を撫でた。

「……ありがとう」

隆治は両手で顔を拭くと、立ち上がった。

「兄ちゃん、またな。また来るからな」

そう言うと、隆治は振り返らず歩いて行った。

南国の空はどこまでも高く、夏の終わりを告げていた。

＊

ポッ……ポッ……ポッ……ポッ……

「いいぞ、そこを切れ」

「はい」

「もっと深く」

「はい」

ジュウ、という音とともに、白い煙が立ち上る。

次の瞬間、赤い血が噴き隆治の顔にかかる。隆治は避けようともしない。

「つまめ」

「はい」と言うと同時に、隆治は血管を鑷子《せっし》でつまんでいた。

ピーーーー
電気メスが通電する音が聞こえる。

「よし、なかなかうまくなったじゃないか」

「ありがとうございます」

「バカ、冗談だよ。早く切れよ」

「はい！」

「うん、そう、そう。じゃあ後縫っといて」

「わかりました」

＊

手術が終わると、隆治はそのまま病院の玄関から外に出た。冷たい空気で、火照った体が鎮まっていく。

吐く息が白い。冬は、すぐそこだ。

雨野隆治、二五歳。医者一年生。

ちょっとずつ泣く回数は減ってきた。

解説――境界線の描き手

市原　真

東京の人間は、「札幌は夏でも涼しいですよね」などと言う。それは間違いだ。札幌であろうと旭川であろうと北見であろうと、夏は暑い。ただ、まあ実際のところ、短い。北国では、冬の両脇に申し訳程度に春と秋がくっついており、さらにその間にわずかな夏が挟まっている。油断していると見過ごす。快速が止まらない小さな駅のようだ。北国の夏はぼくらの前に一瞬だけ姿を現し、すぐに去っていく。

その刹那を見計らったように、中山祐次郎は北海道にやってきた。二〇一九年八月のことだ。

札幌駅に現れた中山は汗だくだった。私は「ピンポイントで暑い日ですね、なんだか申し訳ないです」などと話しながら、その日の対談場所に指定された貸し会議室に足を踏み入れた。ところがなんとその部屋にはエアコンがなかった。ウェブメディアの記者とあわせて三人、思わず顔を見合わせて笑ってしまう。いまどき駅のすぐ側にある雑居ビルにエアコンがないなんて。極めて限定的なシチュエーションを引き当てて滝のような汗をかいている中山を見て、私は「なんと小説然とした男だろうか」と妙に納得した。中山との出会いにブンガク的な何かを感じ、密かにじわじわと喜びを高めていた。

中山祐次郎は鹿児島大学を卒業後、都立駒込病院という超有名病院で研修を行い、そのまま十年ほど勤務。彼曰く「がん専門病院であり、患者が日々亡くなっていく」という強烈な職場環境を経験した後、二〇一七年の四月からは福島県にある総合病院で働くことが決まっていた。ところが、その年の正月に、フェイスブックで友人からの悲痛なメッセージを目にしたのだという。

「あの」高野病院が危機に瀕しているらしい。

いわき市と福島第一原子力発電所のちょうど中間くらいに位置する、福島県双葉郡広野町。内科・精神科あわせて百床あまりの高野病院は、原発事故のあとも、遠方に移動できない高齢者ほかの医療・介護にあたるために避難や移転をせずにその地に留まり、地域の医療を支えてきた。しかし二〇一六年十二月三十日、自宅の火災によって高野院長が落命するという悲劇に見舞われてしまう。もとより常勤医は高野院長ひとりというぎりぎりの体制で運営されており、高野院長の死はそのまま地域医療の終焉に直結しかねなかった。

有志たちの尽力により、なんとか二〇一七年四月からは応援医師を確保する目処がついたものの、それまでの三カ月間に勤務する医師が見つからなかった。高野病院でボランティアを務めていた中山の友人は、藁にもすがる思いでSOSを発信した。

高野病院を、地域を、助けてくれないか。院長として。医者として。

そこで応じたのが中山だ。彼はこのとき三十六歳。よくぞ名乗りをあげたものだ。となんでもない勇気である。なぜなら、三十六歳の外科医なんて、まだまだ、ぺーぺーだからだ！

一般に、三十六歳の社会人といえば、職責に十分に応えるだけの専門性を持ち、周囲からも頼られる立派な職業人である。しかし、医療という高度に専門化された分野において、キャリア十年前後の医者が活躍できるのは、あくまで施設が整っており、スタッフが揃っていて、自分の専門である領域のみで働く場合の話に限られる。

高野病院はいわゆる総合診療型の病院だった。震災後、地域でほとんど唯一の病院として、内科、整形外科、さらには精神科まで幅広く対応しなければいけない。年間百回の当直。救急車から死体の検案まで受け入れつつ、入院患者百人すべてを「唯一の主治医」として担当しなければいけない重責。およそ、都内のがん専門病院に勤務していた若手外科医という前職とはマッチしがたい、別次元の職場環境であった。

このような事情を認識していたはずの中山が、友人の投稿を目にしてから高野病院の院長として赴任するまで、なんと、一カ月かかっていない。未だにこのくだりを書き記すと私の手のひらはべっとりと湿ってくる。ある種の恐怖に共感してしまうのだろう。

彼はただちに、十年勤めた都立駒込病院のスタッフにかけあって、「三月いっぱいでやめるはずだったが、一月いっぱいでやめる」ことを決め、そして実際その通りにする。新年会の席では上司から、「お前の人生だから行ってこい」と背中を押され、翌日には高野病院で挨拶を済ませていた。

なんという男だ。

この二〇一七年初春の椿事《ちんじ》こそが、彼の本質を最も端的に言い表しているように私は思う。「人の命」をずっと見据えている。彼は高野病院で尽力し、その様子は全国に報道され、多くの人々が中山祐次郎の名を知ることになった。

『泣くな研修医』の文中、あるやりとりが忘れられない。

「あのさ、『確か』とかやめてくんないかな。人の命かかってんだけど」

佐藤が静かに、しかし語気強く言い放った場面。これに隆治は反論しない。かわりに、心中で復唱する。

——人の命。

厳しいオーベン（指導医）の雷に、思わず口先で反駁することなく、隆治は立ち返る。人の命を前にしているのだという、自らの前提に、原点に。

私はこのシーンが大好きだ。

物語の中と外、雨野隆治と中山祐次郎、両方から飛び込んでくる根源的な感情のようなものを私はこの一行に感じる。「人の命」という、心の奥の金科玉条を呼び覚ますようなワンフレーズを、このタイミングで挿入した中山の人間性、そして中山の信念を反映した隆治の姿に、私は深く心を打たれる。

隆治も、中山も、激務の中で「人の命」を思い、境界線を踏み越えて行動を起こす。彼らが境界線を越えるたび、どこかで人知れず揺さぶられていた「人の命」が、すっと震えを止める。

中山に関して言えば、高野病院の院長に就任したときがまさにそうだったろう。処女作『幸せな死のために一刻も早くあなたにお伝えしたいこと』（幻冬舎新書）を上梓したときもそうだ。『医者の本音』（ＳＢ新書）が十万部超の大ベストセラーになったことは記憶に新しい。

そして、隆治。

『泣くな研修医』は、一見すると、医学知識や現代の医療事情などを知っておく必要がない、純粋なエンターテインメント……のように見える。しかしその実態は、「医者と非医療者の境界線に立った人間の物語」である。

創にガーゼを当て、緑色の覆い布を外すと、ただの腹部に手足と胸と顔が戻ってきた。（中略）精巧な肉の塊、神経と血管が張り巡らされた臓器の塊から、一つの人格を持つ人間存在に戻ってきたのだ。

隆治の生々しい感覚が見事に描写されたシーン。隆治は本書で少しずつ、「人の命」に親身ではあるが非専門的である患者の側から、「人の命」に冷徹かつ専門的に対峙する医者へと近づいていく。その境界にいるのは研修医である短い期間だけだ。北国の夏のようにあっという間に通り過ぎてしまう、境界線の一瞬にある風景と感情を、中山はすくい取る。

そして、隆治はただ未熟に描かれるだけではない。医師免許を取得したばかりの若虎が持つ特有の自嘲感のようなものも同時に提示される。

「年齢ってだけで手術《オペ》しないのは、俺は……嫌なんだよ」

隆治は言いながら、自分の言っていることがおかしいような気がしてきた。これではただの感情論ではないか。

この揺さぶりは見事だ。研修医は横柄で、かつ謙虚なのである。世の全ての若者たちと同じように。

ほかにも引用したいシーンは山ほどある。美しき佐藤や愛すべき岩井のことも語りたい。しかし紙幅がない。

中山は相変わらず外科医として多忙な日々を送っている。キャリアを通じてずっと、おそらく様々な揺さぶられの中にいる彼は、いつもニコニコしながら、本書のようなとんでもない作品を次々と世に出してくる。不思議な外科医だ。文中で思わずニヤリとした箇所がある。これは彼の「無意識の自己紹介」かもしれない。

外科医たちはいつもそうだった。余計なことは口にしない。無駄口がないことで、発言全てに意味があることになる。

――病理専門医

この作品は二〇一九年二月に小社より刊行されたものです。

泣《な》くな研修《けんしゅう》医《い》

中山《なかやま》祐《ゆう》次《じ》郎《ろう》

令和2年4月1日　初版発行
令和6年6月25日　17版発行

発行人――石原正康
編集人――高部真人
発行所――株式会社幻冬舎
〒151-0051東京都渋谷区千駄ヶ谷4-9-7
電話　03(5411)6222(営業)
　　　03(5411)6211(編集)
公式HP　https://www.gentosha.co.jp/
印刷・製本―株式会社　光邦
装丁者――高橋雅之

幻冬舎文庫

ISBN978-4-344-42968-0　C0193　な-46-1